K.Nakashima Selection Vol.40

天號星

Tengohsei

中島かずき

Kazuki Nakashima

論創社

天號星

装幀　鳥井和昌

目次

天號星

◉登場人物

藤壺屋半兵衛《ふじつぼやはんべえ》
宵闇銀次《よいやみぎんじ》
人斬《ひとき》り朝吉《あさきち》
神降ろしのみさき
早風《はやかぜ》のいぶき
渡り占いの弁天《べんてん》
白浜屋真砂郎《しらはまやまさごろう》
烏珠一心《ぬばたまいっしん》
濡《ぬ》れ燕《つばめ》の竜玄《りゅうげん》
明 神甲斐守忠則《みょうじんかいのかみただのり》
金杉主膳《かねすぎしゅぜん》
夜叉袢纏《やしゃばんてん》のお伊勢

塩麻呂《しおまろ》
おこう
伊之吉《いのきち》
重 吾郎《じゅうごろう》
権蔵《ごんぞう》
勇太《ゆうた》
与助《よすけ》
玄太《げんた》
留蔵《とめぞう》
鯖平《さばへい》
おきん
ぜい六

こくり
左之助《さのすけ》
紺三郎《こんざぶろう》
やくざ
遊び人
剣呑長屋の住人
引導屋の手下
黒刃組の手下

―第一幕―

俺が刃《やいば》であいつが的《まと》で

【第一景】

元禄の頃。江戸。盛り場を少し離れた路地。遊び人風の町人と兄貴分のやくざがいる。
遊び人に三両渡すやくざ。

やくざ　ほらよ。おめえの取り分だ。
遊び人　ありがてえ。
やくざ　またいいタマを見繕ってくれ。よろしく頼むぜ。
遊び人　俺の手にかかりゃあ、若い女くらいすぐでさあ。
やくざ　騙して貢がせて女郎屋に叩き売る。てめえはまったくひでえ奴だ。
遊び人　その俺の上前《うわまえ》はねる兄貴も。
やくざ　ちげえねえ。

二人、卑しく笑う。
ふと気づくとそばの水桶に蠟燭《ろうそく》が二本立っている。

やくざ　なんだ、こりゃ。
遊び人　こんな所になんで蠟燭が。

と、闇からすっと現れる人影二つ。一つは早風《はやかぜ》のいぶき。動きやすい作務衣のような服を着ている。手に棒術の棒を持っている。もう一つは権蔵《ごんぞう》。錫杖《しゃくじょう》を持った雲水姿である。

いぶき　そいつはお前らの命火《いのちび》だよ。
遊び人　なんだと。
やくざ　てめえ、何者だ。
権蔵　世のため人のためにならない奴に、人知れず引導を渡す引導屋。
遊び人　引導屋だ？
やくざ　なめんじゃねえ、こら！

と、ドスを抜く遊び人とやくざ。
いぶき、棒の持ち手を引き抜く。仕込み刀になっている。その剣風で蠟燭の火が消える。

やくざ　やるってえのか、おもしれえ！

と、突然若い男が駆け込んでくる。刀で一瞬にしてやくざと遊び人を斬る。二人、絶命。若い男、宵闇銀次《よいやみぎんじ》という。呆気にとられるいぶきと権蔵。

銀次、刀を杖にしまう。こちらも仕込み刀だ。やくざと遊び人の懐を探り、銭入れを奪うと自分の懐に入れる。

いぶき　待て！　なんだ、お前は。
銀次　引導がどうのこうのとまだるっこしいから、先にやらせてもらったよ。
権蔵　死人から金を奪うつもりか。
銀次　どうせ使えねえんだ。もらったって悪かねえだろう。
いぶき　ひどい。
権蔵　ははん、てめえか。最近噂のはぐれ殺し屋は。高い金で引き受けて誰彼かまわず殺しまくる、狂犬みたいな奴がいると。
銀次　狂犬ね。
いぶき　どういう了見なの。

銀次　はん。（と鼻で笑う）
いぶき　なにがおかしい。
銀次　了見も何も人殺しは人殺しだ。金をもらって人を殺す。それだけのことだ。了見とか引導とか言ってるほうがよっぽど狂ってるね。
権蔵　跳ねっ返りが。だったらてめえの根性、少し……。

と、言いかけたところで銀次がいきなり権蔵に襲いかかる。権蔵、錫杖で受けようとするが銀次の剣の方が早い。

銀次　四の五の言ってんじゃねえよ！

斬り殺される権蔵。

権蔵　ぐわ！
いぶき　権蔵！

銀次が襲いかかる。咄嗟に体をかわすいぶき、自分の得物《えもの》で応戦する。

いぶき　よくも権蔵を。
銀次　たかが人殺しのくせに綺麗事並べ立てる。てめえらみてえな奴ら、虫酸が走るんだよ！

と、襲いかかる銀次。が、いぶきも負けてはいない。

銀次　へえ、やるじゃねえか。

その時伊之吉《いのきち》、重吾郎《じゅうごろう》ら、引導屋の仲間が四、五人現れる。

伊之吉　お嬢！（といぶきに声をかける）
銀次　へん。弱い奴ほど群れたがる。だが、ケガでもしちゃ割に合わねえな。引導屋か、覚えてろよ。

逃げようとする銀次。引導屋の勇太《ゆうた》が行く手を阻む。

勇太　逃がすか！
銀次　邪魔だ！

と、銀次、勇太を一刀両断。そのまま、逃げ去る。

いぶき　勇太！
伊之吉　……なんて腕だ。
いぶき　権蔵に勇太まで。ごめんなさい、あたしがいながら。
伊之吉　お嬢のせいじゃない。あんな腕の奴あ見たことがない。
いぶき　……どこのどいつだろうと、この仇は必ず取る。引導屋の名に賭けて。

と、銀次が去った方を見るいぶき。

——暗　転——

【第二景】

藤壺屋。口入れ屋として繁盛している。
その座敷。主人の半兵衛《はんべえ》と女房のお伊勢《いせ》がいる。
半兵衛は大店《おおだな》の主《あるじ》らしく恰幅よく堂々としている。お伊勢も同じく大店のおかみらしく品良く振る舞っている。
そこに番頭の与助《よすけ》に案内されて、白浜屋真砂郎《しらはまやまさごろう》が入ってくる。材木問屋の主である。

与助　こちらで。旦那、白浜屋さんが。

半兵衛　おう。

与助は去る。半兵衛、真砂郎に座布団をすすめる。座る真砂郎。

半兵衛　ま、楽にしておくんなさい。

真砂郎　いやあ、藤壺屋さんも相変わらず繁盛なさってるねえ。

お伊勢　いえいえ。口入れ屋なんて人の出入りが多いだけで、貧乏暇なしですよ。
真砂郎　口入れ屋だけじゃない。裏の稼業も。
半兵衛　裏？
真砂郎　ええ、裏で。

　　と、目つきが鋭くなる真砂郎。半兵衛とお伊勢も厳しい顔つきになる。

お伊勢　白浜屋の旦那がわざわざ顔を見せるから珍しいとは思ったけれど、そちらでしたか。
半兵衛　ここまで足を運んだとなれば、尋常の話じゃねえな。
真砂郎　さすがは引導屋の元締め、藤壺屋半兵衛さん。お察しの通りだ。大江戸八百八町、裏の仕事に携わる連中は有象無象いるが、その中でも一番の勢力といやあ、あんたが元締めの引導屋。次がこの白浜屋真砂郎が束ねる黒刃組《くろばぐみ》。大きくこの二つに分けられる。
半兵衛　ま、そんなところだろうな。
真砂郎　そこでだ。どうだい、ここは俺達が手を組んで、裏稼業を一手に牛耳るってのは。
半兵衛　なに。
真砂郎　あんたと俺で差配すりゃ、細かい仕事の取り合いで内輪もめが起こることもねえ。

おかみの取締りだって、いち早く手が打てる。もちろん、頭《かしら》はあんただ。俺は二番手でかまわねえ。

半兵衛、ちらりとお伊勢を見る。さりげなく駄目だという仕草をするお伊勢。半兵衛、目でうなずく。

半兵衛　その話は呑めねえよ、真砂郎。
真砂郎　なんで。
半兵衛　世のため人のため、生きてちゃならねえ輩《やから》に引導を渡すのが引導屋だ。お前さんとこの黒刃組のように、金さえもらえば手当たり次第殺すのとはわけが違うんだ。その二つが一緒になれるわけがねえ。
お伊勢　藪から棒にそんなことを言い出すなんて、何か魂胆があるんじゃないのかい。
真砂郎　魂胆？　ふざけるな。そんなものありゃしない。この真砂郎の目をみておくんなさい。
半兵衛　……。

すごい眼力で真砂郎を睨む半兵衛。真砂郎、しばし耐えるが、結局目をそらす。

半兵衛　あるな。
真砂郎　誰だってそらすよ。そんな顔されりゃ。
半兵衛　話はここまでだ、白浜屋。
お伊勢　うちの人がこうなったら話なんか聞きゃしませんよ。申し訳ありませんが、今日のところは。
真砂郎　……わかった。今日のところは引き上げますよ。でもね、これだけは覚えておいてくれ。今日、俺は本気で出向いてきたんだ。それに耳を貸さなかったのはあんただってことをね。
半兵衛　(どすの効いた声で)おう。

その小揺るぎもしない風格に気圧される真砂郎。

真砂郎　それじゃあ。
お伊勢　おかまいもしませんで。与助、与助。
与助　へい。

再び、与助が顔を出す。

お伊勢　白浜屋さんがお帰りだよ。お送りして。

与助　へい。こちらで。

真砂郎をいざなう与助。面白くなさそうに立ち去る真砂郎。

ずっと様子を伺っている半兵衛とお伊勢。

与助、戻ってくる。

与助　帰りましたぜ。

と、いきなりヘナヘナとなる半兵衛。急に弱気で人の良い雰囲気になる。

半兵衛　あー、つかれた。（お伊勢に）あれでよかったかなあ。

逆に、お伊勢はどすの効いた声で貫禄のある態度になる。

お伊勢　上出来上出来。
半兵衛　ほんと？
お伊勢　あんたは顔は怖くて恰幅いいんだから、黙って座ってりゃいいの。与助。
与助　へい、元締め。

と、持ってきていた夜叉《やしゃ》の紋様の入った袢纏《はんてん》をお伊勢にかける与助。

お伊勢　煙草。
半兵衛　はい。

と、その間にキセルに煙草を詰めて自分で吸って火をつけている半兵衛、お伊勢にキセルを渡す。

お伊勢　引導屋の実際の元締めはこの夜叉袢纏《やしゃばんてん》のお伊勢さんだ。でも、外に対しちゃ男のあんたのほうが押し出しが効く。堂々と元締めの替え玉を演じておくれ。
半兵衛　うん、そうだね。
お伊勢　表稼業の口入れ屋も、番頭の与助がいりゃ大丈夫だ。

与助　おまかせを。
お伊勢　とにかくあんたは怖い顔してどっしり構えてくれてりゃいいんだから。
半兵衛　はい。
与助　しかし、白浜屋の野郎、何を企んでるんだか……。
お伊勢　気になるね。鼻の利く奴はいるかい。
与助　少し探らせてみます。

と、何かそわそわとしている半兵衛。

半兵衛　あの……。
お伊勢　なに？
半兵衛　俺、ちょっと出かけていいかな。
お伊勢　あ？
半兵衛　ちょっと外の風に当たりたくて。
お伊勢　ああ。じゃ、行ってきな。
半兵衛　与助さん、駕籠《かご》、呼べる？
与助　あん？（と、ふてぶてしい態度）

半兵衛　あ、いいです。自分で呼びます。てか、通りで辻駕籠でも拾います。

と、いそいそと出かける半兵衛。

与助　……あれは女っすね。
お伊勢　女ならまだ色気があらあ。あれは踊り巫女に入れあげてるんだよ。
与助　踊り巫女?
お伊勢　歌って踊って神を降ろしてお告げを伝える。
与助　いんちきくせえ。
お伊勢　まあいいさ。そのくらい好きにさせてやりな。
与助　へえ。
お伊勢　替え玉務めてくれるには、あのくらい弱腰のほうがいい。余計な野心はもたないからね。あの見栄《みば》えで入《い》り婿に取ったんだ。多少の道楽は大目に見るよ。

そこにいぶきと伊之吉、重吾郎が沈鬱な表情で戻ってくる。

いぶき　おっかさん。

お伊勢　お帰り。ご苦労だったね。（いぶきの表情に）どうした。
伊之吉　権蔵と勇太がやられました。
　与助　やられた？　あの権蔵が？
お伊勢　相手ははぐれ殺し屋かい。
伊之吉　へい。思ったよりも遙かに凄腕で。
重吾郎　こちらの的《まと》も取られちまって。
お伊勢　そうかい。
いぶき　伊之吉さん達が来てくれなかったら、あたしもどうなってたか。
伊之吉　はぐれ殺し屋の動きを耳にして、動いてたところだったんです。
お伊勢　与助、人別帳を出しとくれ。

与助、タンスの引き出しから人別帳を出す。引導屋の名前が書かれた『引導屋人別帳』である。

お伊勢　権蔵と勇太か。腕のいい連中だったけど残念だね。

言いながら筆で二人の名前に線を引くお伊勢。

お伊勢　伊之吉、頼みの筋に金を返すよ。うちがやった仕事じゃなきゃ、金は受け取れない。
伊之吉　へい。
お伊勢　重吾郎はそのはぐれ殺し屋の行方を追っておくれ。
重吾郎　へい。
いぶき　あの男、今度見かけたらケリはつける。権蔵と勇太の仇《かたき》はきっと討つ。
お伊勢　よしな、いぶき。仇を討つなんてのは、侍の言うことだ。
いぶき　え。
お伊勢　しょせんは裏稼業。いつ殺《や》られてもいい。それだけの覚悟はしてる連中だ。仇なんざ討たなくていい。
いぶき　でも。
お伊勢　ただ、人様からはずれた道を歩いてる分だけ、筋は通さなきゃならない。こちらの的を奪われたのを黙って見過ごしちゃ、引導屋稼業の名がすたる。そのはぐれ外道《げどう》は始末しなきゃね。
与助　結局同じじゃ……。
お伊勢　筋の問題だよ、筋の。
いぶき　わかった。おっかさん。

お伊勢　元締め、だろ。
いぶき　はい、元締め。
伊之吉　はぐれ殺し屋の行方、探らせます。
お伊勢　白浜屋の動きも怪しい。大きな仕事が控えているからね。気をつけて動くんだよ。
一同　へい。
お伊勢　いぶき、あんたは父親のことも気に掛けてやって。最近外出が多いからね。
いぶき　半兵衛さんね。
お伊勢　おとっつぁん、だろう。仮にもあたしの旦那だ。義理でも父親は父親、少しは立ててておやり。
いぶき　はいはい。

うなずくいぶき。

——暗　転——

【第三景】

料亭。離れの座敷。
真砂郎と黒刃組のNo.2の烏珠一心《ぬばたまいっしん》、材木奉行の明神甲斐守忠則《みょうじんかいのかみただのり》、その配下の材木奉行手代金杉主膳《かねすぎしゅぜん》が膳を囲んでいる。

明神　では、藤壺屋は断ったと。
真砂郎　へい。誠心誠意説得したのですが、どうにも頑固な野郎で。
明神　ま、おぬしの誠心誠意ではな。
真砂郎　これは心外な。明神のお殿様にだけは言われたくない。
金杉　白浜屋、お奉行に向かって無礼であるぞ。
明神　好き。
金杉　はい？
明神　そういうとこ好き。真砂郎君のそうやってズケズケ言ってくれるとこ、好き。

と、くだけた口調で言う明神。

真砂郎　うんうん。

明神　胡散臭い者は胡散臭い者同士、真砂郎君と居るとホッとする。その信用できないところが信用できる。

一心　さすがは明神様。懐が深い。

明神　好き、おぬしはその声のいい所が好き。

真砂郎　この烏珠一心、白浜屋を支え黒刃組を束ねております。

明神　声は良いけど根性が悪そうな所が好き。信用できる。

一心　ありがたいお言葉。

真砂郎　信用できないのは、人殺しのくせに世のため人のためなんて綺麗事を抜かしてる輩。

明神　そのとーり！

金杉　それで引導屋、人別帳はどうするつもりだ。

明神、元の口調に戻る。

明神　それよ。藤壺屋が抱え込んでいる殺し屋達の素性を記した『引導屋人別帳』。それ

真砂郎　だけはどうしても欲しい。

金杉　藤壺屋の人別帳を押さえ、この真砂郎がお味方につけば、明神様が闇の稼業を恐れることはない。

明神　人の恨みを買うが必定《ひつじょう》なら、狙われる前に潰しておく。さすがお奉行、だてに目つきが悪いわけではない。

一心　人の世に恨み辛みはつきもの。それを恐れては仕事はできぬ。武家同士ならば手も打てるが、一番怖いのはこちらが知らぬ所で逆恨みする虫けらども。

真砂郎　まったくです。

明神　その虫けらのねじ曲がった恨みで命を狙われてはたまったものではない。

真砂郎　引導屋などというあこぎな輩のこと、よくぞ教えてくれた。闇の世界に精通したお前だ。こういう時は頼りになる。

明神　今は材木奉行の明神様ですが、そこでおさまるお方ではない。やがては若年寄、いや老中の座に就かれると、この白浜屋は睨んでおります。

真砂郎　そのためにもおぬしの力が要る。頼んだぞ、白浜屋。

金杉　おまかせを。

真砂郎　して、藤壺屋はどうする。

まず声がけしたのは、こちらの誠意。それをコケにされちゃあ、荒事に出るしかない。藤壺屋には消えてもらいましょう。

金杉　やれるか。

真砂郎　金杉様、やれるかとはまた随分と見くびられたもので。黒刃組の手《て》練《だ》れを揃えております。お前達！

と、襖が開き黒装束の男達が三人、現れる。が、現れると同時に倒れる。その後ろに立っているのは銀次。手に仕込み刀。

真砂郎　なに⁉

一心　ぬ！

驚く真砂郎達四人。一心は刀に手をかける。

銀次　これが黒刃組の手練れかい。てんでたいしたことはねえな。

銀次、仕込み刀を杖に収める。様子を見ている一心。

金杉　何奴だ！（と、刀を抜こうとする）
一心　お待ちください。（と、金杉を止め）お前、こいつら三人を一人でやったのか。
銀次　ああ。
一心　なんのつもりだ。
銀次　引導屋の元締めは俺がやる。こっちの腕は今、見せたはずだ。
真砂郎　てめえ、そんなことのためにこいつらを。
銀次　人の命をとって金をもらおうって連中だ。いつ殺されてもいい覚悟はしてるんじゃねえのか。黒刃組の元締めさんよ。
真砂郎　なぜそれを。
銀次　江戸で仕事をするなら引導屋の半兵衛か黒刃組の真砂郎、どちらかに筋を通さなきゃならねえ。だったら黒刃組がいい。あんたの動きを探ったまでだ。
真砂郎　今日、俺がここにいることは滅多なことじゃわからねえはずだ。
銀次　じゃあ、滅多じゃねえことをやったんだろうよ。
一心　口の達者な奴だ。
銀次　腕はもっと立つぜ。
真砂郎　なぜ引導屋を殺《や》りたがる。
銀次　人殺しが世のため人のためなんて綺麗事抜かしてるのが気に入らねえ。気に入らねえ奴を殺して、金がもらえるなら、こんなうまい話はねえだろう。金さえもらえば相手は選ばねえ。銭に汚《きたね》え黒刃組の噂はあちこちで耳にした。

真砂郎　汚えか。

銀次　ああ、汚え。だがそこがいい。殺し屋はそうでなくちゃいけねえ。

金杉　白浜屋、そのようなならず者、いつまで好きにさせている。

と、黙って聞いていた明神が口を開く。

明神　いい、実にいい。

金杉　え。

明神　こういうの好き、大好き。真砂郎君とおんなじ匂いがする。

真砂郎と銀次、顔を見合わせ。

二人　えー。

と、お互いそっぽを向き否定する。

明神　お前達、絶対友達いないだろう。わしもいない。それでいい。友達がいない者こそ信用できる。やって、藤壺屋をやって。

金杉　よいのですか。

明神　すっかり話は聞かれたようだ。この手の男の口を封じるには金か剣かのどちらかだぞ。金杉、そなたの剣で封じられるか。

金杉、銀次を見る。銀次、一瞬にして刀を抜くと華麗な剣捌《さば》きを見せる。また一瞬にして剣を収める。

金杉　無理です。

明神　ということだ。（銀次に）おぬし、名は。

銀次　通り名は宵闇銀次《よいやみぎんじ》。

一心　宵闇銀次。お前がか。

金杉　知っているのか。

一心　上州の辺りで、名だたるやくざをみな殺しにした男がいるとか。闇の世界の風の噂で。

真砂郎　ああ、確かにそんな噂は聞いたな。
銀次　田舎は駄目だ。いくら殺したって金にならねえ、名前もあがらねえ。その点、江戸はいい。人がいる分恨みも深い。深い恨みはいい銭になる。
明神　なるほどな。

真砂郎、明神を見る。うなずく明神。

真砂郎　お殿様がそこまで仰るのだ。この仕事、お前に任せるぞ、銀次。
銀次　金は？
真砂郎　やりとげれば二百両だ。
銀次　二百両……。
真砂郎　それだけでけえ仕事ってことだ。
銀次　前金は。
一心　竜玄。

と、声をかけると銀次の後ろから気配もなく男が現れる。濡《ぬ》れ燕《つばめ》の竜玄《りゅうげん》、一心と並ぶ使い手だ。銀次も驚く。彼も気配に気づかなかったのだ。

銀次　……いつの間に。

竜玄、懐から袱紗《ふくさ》に包んだ小判を出す。

真砂郎　前金の三十両だ。

受け取ろうと銀次が近づく。と、竜玄が組み討ちを仕掛ける。仕込みを抜こうとする銀次の腕を押さえ、その懐に袱紗を入れる竜玄。その様子を見ている一心。

一心　いい腕だが、できるのはおぬしだけではない。
銀次　てめえ。
真砂郎　黒刃組では一心と並ぶ使い手。濡れ燕の竜玄だ。
竜玄　黒刃組をなめてもらっては困る。裏切れば、相応の仕打ちはさせてもらう。
銀次　今のが刀なら俺の命はないってか。（袱紗を出し中味を確かめる）ま、そのくらいやってもらわなきゃ、面白くねえや。
真砂郎　藤壺屋は、最近、両国辺りの神降ろし堂に入り浸ってる。その帰りを狙え。

銀次　神降ろし堂か。冥土に行くにはお似合いだ。

と、駆け去る。

金杉　（銀次を見送り）よろしいのですか。
明神　江戸の闇稼業の顔役を殺《や》ろうというのだ。いざという時、斬り捨てやすい者のほうが都合がいいではないか。
金杉　そういうことですか。さすがお奉行。
竜玄　しかし、甘く見ないほうがいい。袱紗だから懐に入れましたが、あれが刀だったらそこまで簡単にはいかなかった。
真砂郎　お前が負けるというのか。
竜玄　いいえ。金を渡すのと首を取るのでは話が違う。
一心　ただ、ああいう抜き身の刀のような男は、こちらも腹を据えてかかったほうがいいということです。
真砂郎　まあ、お手並み拝見といこうじゃないか。
明神　それはそれとして黒川堤《くろかわつつみ》の件はどうなった。
真砂郎　それについても、今からじっくり。まま、ご一献。

と、再び酒を酌み交わし始める明神、金杉と真砂郎、一心。竜玄は、警護するように辺りを伺っている。
闇に消える四人。

――暗　転――

【第四景】

両国から少し離れた空き地。

芝居小屋のような宗教施設のような建物がある。これが神降ろし堂だ。

建物の前方に舞台がある。その手前に空間があり、たくさんの客達が集っている。

今で言うライブハウスにも近いイメージ。

客の中には剣香長屋《けんのん》の住人、留蔵《とめぞう》、鯖平《さばへい》、おきん、玄太《げんた》がいる。半兵衛も後ろの方にひっそりといる。それに気づく剣香長屋の住人、軽く黙礼。

と、神降ろし堂の主、塩麻呂《しおまろ》とおこうが現れる。それぞれ神主と尼のような格好をしている。二人、夫婦である。

塩麻呂　よく来たな、皆の衆！
おこう　今夜も神降ろしの刻限がやってきたよ！
「うおおお！」と盛り上がる客達。

と、歌いだす二人。

塩麻呂（歌）　神のお告げが欲しいか、迷える衆生《しゅじょう》よ！

観客　おおおー！

おこう（歌）　神のお告げを信じるか、迷える者どもよ。

観客　おおおー！

二人（歌）　だったら唱えよ、神降ろしの巫女の名を。だったら求めよ、巫女の神託を。さあ、呼ぼう、神降ろしのみさきの名を。

などといった感じの、巫女を呼び込む歌を歌う。観客達が「みさき、みさき、みさき！」と巫女の名を呼ぶ。

神降ろしのみさきが現れる。派手な巫女の格好。後ろに若い女性の踊り手を引き連れている。

みさき（歌）　一白水星《いっぱくすいせい》二黒土星《じこくどせい》三碧木星《さんぺきもくせい》四緑木星《しろくもくせい》五黄土星《ごおうどせい》六白金星《ろっぱくきんせい》七赤金星《しちせききんせい》八白土星《はっぱくどせい》九紫火星《きゅうしかせい》、天が示した九星《きゅうせい》の運気、神に変わりて観先《みさき》が伝える。

と、いったような意味の歌を歌う。これがみさきの祝詞《のりと》である。その歌に合わせて後ろで踊り手達が踊る。

歌いながらトランス状態になるみさき。

みさき（歌）　大いなる天の動き、遙かなる時の流れ、たゆまない人の思い、一つとなりて、神の御《み》言葉を我に託せ。天降る星降る我《われ》知る人《ひと》知る、天降る星降る我知る人知る——。

と、人差し指を天に向かって勢いよく指す。

みさき　はい、きましたー！

「おおおお！」と喜ぶ観客達。

みさき　明日、一番の幸運は七赤金星のあなた‼　あなた方‼

と、客の一部が「おおー！」と喜ぶ。留蔵と玄太も声をあげる。

留蔵　俺だ、俺！
玄太　わしもだ、わしも！
留蔵　なんだ、玄さんもか。
みさき　山のあなたに幸いあり。みんなで山を乗り越えればいいことあるよ！

留蔵他、七赤金星の者達が「おおー！」と声をあげる。

玄太　よし、留蔵。富士のお山だ。富士に登ろう。
留蔵　えー。愛宕山でいいっすよ。
みさき　そして、明日、残念な人は、五黄土星！　五黄土星のあなた方！

客の一部が「ええー」と悲しげな声。鯖平もうなる。半兵衛も該当する。

鯖平　えー。
半兵衛　えー。
おこう　でも、大丈夫。そんなあなた方には身代わり観音の御札《おふだ》がある！
塩麻呂　身体救苦観世音菩薩《しんたいきゅうくかんぜおんぼさつ》の御札がある。

みさき　あなたの苦難、この御札が身代わりになる。
おこう　普通の運勢だったあなたにも、明日は一気に運気上昇。あすなろ観音の御札がある！
塩麻呂　なろうなろう明日なろう、みんなそろって幸せになろう！　神降ろし堂の御札で九星の運気を変えよう！
みさき　九つの星と書いて九星《きゅうせい》、生を救うと書いて救生《きゅうせい》に大変換！
おこう　身代わり観音の御札が一枚二〇〇文、あすなろ観音は一枚一〇〇文。はい、買った買った。

と、客達が御札を買いに塩麻呂とおこうに殺到する。

鯖平　験《げん》直しだ。
おきん　あたしも一枚買ってくるよ。

と、鯖平とおきんも御札を買いに行く。

塩麻呂　はいはい、大丈夫大丈夫。

おこう　御札はたっぷりあるよ。慌てない慌てない。

玄太と留蔵は御札を買いには行ってない。
隅の方にいた半兵衛に話しかける。

留蔵　お疲れ様です、棟梁。
玄太　棟梁じゃねえ。今じゃ立派な藤壺屋の大旦那だ。
半兵衛　いやいや、そんなたいしたもんじゃねえ。
玄太　棟梁が口入れ屋の大店に婿入りしてくれたから、俺達にも仕事が回ってくる。
留蔵　もう、ありがてえ人身御供だって拝みっぱなしですよ、棟梁。
半兵衛　ほめてねえよ。

と、おきんと鯖平が御札を買って帰ってくる。

おきん　ああ、棟梁、じゃない。藤壺屋の旦那。
半兵衛　相変わらず元気そうだな。
おきん　亭主がこれですからね。あたしが運をひっぱらないと。（あすなろ観音の御札を見せる）

鯖平　これとはなんだ、俺だってノコギリ持たせりゃ右に出る者はいねえっていう鯖平様だ。
半兵衛　おう、お前達の大工の腕は日本一だ。
おきん　でも旦那もお好きですね。わざわざこっちまで出向いてきて。やっぱりかわいい子には目がないですか。
半兵衛　ああ、吉原で遊ぶよりもこっちの方が面白い。
留蔵　ですよね、みさきちゃんは俺達黒川堤の看板娘だ。
玄太　半兵衛さんが入れあげるのも当然だ。

そこに岡っ引きのぜい六が現れる。

ぜい六　随分と賑やかだな。
塩麻呂　これはこれは、ぜい六親分。
ぜい六　商売繁盛じゃねえか、塩麻呂。
おこう　商売だなんて。みんなの運勢を占ってるだけですよ。
ぜい六　あんまり目立つと、お上がうるさくなるぞ。
塩麻呂　わかってますよ。

おこう　親分、これを。

と、紙で包んだ銭を渡すおこう。

ぜい六　ん、これじゃあ、ちょっと……。（と不服そう）

半兵衛　親分。

と、近寄り、銭袋を渡す。受け取ると機嫌良くなるぜい六。

ぜい六　半兵衛さんも藤壺屋に婿入りして景気が良くなったな。いいことだ。

と、雷の音がする。

留蔵　おう、一《ひと》雨来るな。

と、稲光《いなびかり》が走る。

ぜい六　ほら、おめえらの長屋までは結構あるだろう。降られねえうちに帰った帰った。
玄太　そのほうがいいな、こりゃ。
半兵衛　（銭の入った袋をおきんに渡すと）長屋のみんなでうまいもんでも食いな。
おきん　そんな。
半兵衛　いいから。
おきん　じゃあ遠慮なく。ありがとうございます。

玄太、留蔵、鯖平も「ありがとうございます」と頭を下げて駆け去る。ぜい六も去る。他の客達も御札を買い終わり立ち去っている。残ったのは半兵衛だけ。みさき、塩麻呂、おこうが半兵衛の方に近寄る。

塩麻呂　すみませんね、旦那。
おこう　あんな岡っ引き、適当にあしらっときゃいいんですよ。
半兵衛　まあまあ、角は無闇にたてないほうがいい。

と、みさきが身代わり観音の御札を出す。

みさき　これ。
半兵衛　ん？
みさき　身代わり観音の御札。おとっつぁんも五黄土星でしょ。あんまり効き目はないかもだけど。
半兵衛　ありがとう。御札代だ。

と、銭袋をみさきに渡す。

みさき　多すぎるよ、こんなには。
半兵衛　いい、いい。世話料込みだ。
塩麻呂　いつもお気遣いありがとうございます。
みさき　昔はあったんだよ、ほんとに神が降りてきたんだ。いろんなことが見えた。でも、今は……。
半兵衛　ああ。みんなもわかってるよ。
おこう　長屋の連中はみんな、あんたから御札を買いたいんだよ。みんな、あんたに夢中なんだ。
塩麻呂　そう。当たるかどうかなんて気にしてない。

みさき　それはそれでさびしい。

と、稲光。すぐに雷鳴。

半兵衛　近くなってきたな。

と、みさきの様子がおかしくなる。目がうつろになり、小声で何かブツブツと言っている。

みさき　……けいとらごうてんごう……けいとらごうてんごう……。

おこう　どうしたの、みさきちゃん。

みさき、バッと顔を上げ半兵衛を見る。その表情、それまでと違いトランス状態である。声もそれまでと違い、低く重い。まさに神託である。彼女の雰囲気に、半兵衛達は気圧される。

みさき　日月木火土金水計都羅睺《じつげつもくかどごんすいけいとらごう》の九曜星《きゅうようせい》。その裏に天號星《てんごうせい》あり。この星、大いなる禍《まが》ツ星。天號星動く時、その身に大いなる災いをもたらす。

と、半兵衛を指差す。

みさき　天號星は禍ツ星。心せよ、藤壺屋半兵衛！

言い放つと同時にごく近くで稲光と落雷。
失神するみさき。

半兵衛　みさき！

みさきを抱きかかえるおこう。

おこう　大丈夫、気を失ってるだけ。
半兵衛　ならいいが……。
塩麻呂　それより大丈夫ですか。旦那もそろそろ戻らないと、家のほうは？
半兵衛　いけねえ、すっかり遅くなった。

おこう　この子のことなら大丈夫。
半兵衛　あんた達には世話になるな。
塩麻呂　いえいえ。半兵衛さんは剣呑長屋の誇りですよ。
おこう　藤壺屋のおかみに見初められて婿入りしたけど、今でも旦那の心の半分はあの長屋にある。心半分の半兵衛さんだ。
半兵衛　そうかもしれねえな。
おこう　さ、行った行った。
半兵衛　みさきのことよろしく頼む。
塩麻呂　旦那、傘を。

塩麻呂、傘を渡す。
外に出る半兵衛。見送る塩麻呂。みさきを介抱するおこう。

——暗　転——

【第五景】

神降ろし堂から少し離れた辺り。道沿いに広場がある。その隅には古ぼけたお堂がある。雷が鳴っている。
姿を現す銀次。激しく雨が降り出す。

銀次　ち。

舌打ちしてお堂の中に入る銀次。
お堂の開き戸が開き、中が見える。
お堂の中は薄暗い。着物についた雨をぬぐう銀次。と、隅の暗がりで女の声がする。
こくりだ。

こくり　熊野権現の護符、いらんかえ。
銀次　誰だ！

と、暗がりからこくりと弁天が姿を現す。

弁天は諸国を流れ歩く渡りの占い師。こくりはその弟子である。二人とも日本の巫女のようでもありながら数珠を持ち、中東の女性のようなヒジャブ風の布を頭につけているなど無国籍でちょっと得体の知れない服装。占い師とはいえ、御札やおみくじ、暦、魔除けなども売る。二人とも手に神楽鈴を持っている。

仕込み杖を握る銀次を、神楽鈴を鳴らして牽制する弁天。

弁天　祟るぞえ〜、我ら神に仕えし占い師。我らを斬ると祟るぞえ〜。
銀次　なに。
弁天　（また神楽鈴を鳴らす）何人斬った！　百、百五十、いや、もっとか。おぬしの後ろには真っ赤な血潮の濁流が流れているよ。
こくり　こわいこわい。
銀次　……よくわかるな。
こくり　あたしら、これでも神の遣いだ。
銀次　うそだな。
弁天　そのとーり！　この子の言葉はうそくさい！　でもね、うそはまこと、まことはうそ。うその中にこそまことはある。あたしら殺そうもんなら、まともな死に目には会えないよ。

銀次　くだらねえ。もともと惜しい命じゃねえ。

弁天の方に行こうとする銀次に神楽鈴を鳴らして一喝する弁天。

弁天　毎日毎日、鼻水が止まらないよ！

こくり　あたしら殺すと、どうどうどうどう華厳の滝のように鼻水が出るよ！

弁天　三年間、滝のような鼻水が出っぱなしで、最後は干からびて死ぬよ！

ちょっと戸惑う銀次。

弁天　さすがにそれはいやだろう、色男。

銀次　出鱈目言うんじゃねえ。

弁天　出鱈目だと思うなら試してごらん！　この子で！（と、こくりを前に出す）

こくり　ちょっと。（と、焦る）

銀次、仕込みを抜いて剣をふるう。弁天、こくりを引っ張って下げて、こくりの鼻先で剣をかわす。

こくり　うわわ！
弁天　こわ、ほんとに斬るかな。
銀次　おちょくってんのか。
弁天　占ってんだよ。
銀次　なに。
弁天　あんた、仕事でここに来たんだろう。それもただの仕事じゃない。
銀次　……てめえ。
弁天　（神楽鈴を鳴らす）天號星！
銀次　はあ。
弁天　天號の星があんたの真上にある。その仕事やったら、あんたとんでもない目に遭うよ。
銀次　ぐちゃぐちゃうるせえばばあだな。やっぱ、お前ら死ねや。

と、剣を抜く。その時、雷鳴と稲光。一瞬、目が眩む銀次。

銀次　く。

視界がはっきりした時には、弁天とこくりの姿は消えている。

銀次　どこ行きやがった、あいつら。

と、その時向こうから傘を差した半兵衛が歩いてくる。
それに気づく銀次、弁天達のことは一旦おいて、半兵衛の方に向かう。

半兵衛　いやあ、ひでえ雨だね、まったく。

雨の勢いに独り言を言う半兵衛。
お堂からぬっと現れる銀次。

銀次　確かにひでえ降りだ。だが、お前の命を流すのにはちょうどいい。あっという間に、三途の川に流れていくぜ。

半兵衛　え。

銀次　観念しな。

銀次の殺気を察する半兵衛。

半兵衛　待て、あたしゃ藤壺屋半兵衛だ。人様の恨みを買うようなことは……。

銀次　どの口が言う。

半兵衛　あ。（と、思い至る）ああ、裏稼業のお方かい。だったら見当違いだ。これにはわけが。

銀次　問答無用。

と、剣を抜くと半兵衛に襲いかかる。

半兵衛　た、助けてくれ！　まだ死にたくねえ!!

その時、落雷。二人の間近に落ちる。
光と轟音の中に二人の姿は呑み込まれる。

暗闇と静寂。

×　×　×　×

しばらくして。

暗闇の中、弁天の声がする。

弁天　ちょっと、ちょっと。

明るくなる。お堂の中。銀次が横たわっている。その周りに弁天とこくりがいる。

気がつく銀次。

銀次　あいたた。（と、頭を押さえ）何が起こった。

と、喋る銀次の口調や物腰はそれまでと違って、柔らかく気弱な感じがする。

弁天　稲妻に打たれて二人とも吹っ飛ばされたんだよ。まったく、よく生きてたね。

こくり　濡れてるのも可哀想だから、ここに担ぎ込んであげたんだ。

銀次　ああ、そうか。それはどうも。（と、記憶が蘇り脅える）あの男、あいつはどうし

た⁉

弁天　あいつ？　ああ、吹っ飛ばされて草むらに転がったようだけど。暗くてよく見えなかったよ。

銀次　……また襲ってこないかな。

と、身構えている。

弁天　襲う？　仕返しってことかい？

銀次　（一人呟く）……こんなところにいちゃまずいな、早く帰らないと。（弁天達に）危ないところをありがとうございました。改めてお礼をしたいと思いますので、後日、店の方に訪ねて来ていただけますか。手前、口入れ屋の藤壺屋半兵衛と申します。

こくり　はあ。（と、先ほどとの態度の違いに戸惑っている）

弁天　……藤壺屋半兵衛？

と、怪訝そうに半兵衛を見る弁天。その弁天の顔をじっと見つめる銀次。

銀次　……お縁《えん》？　お縁じゃねえか！

弁天　え?
銀次　そうだ、お縁だ。久しぶりだなあ。
弁天　あの……。
銀次　なんだなんだ。この顔を忘れたとは言わさねえぞ。
弁天　いやいや、あんたとはさっき会ったばっかりだ。名前も知らない。
銀次　おいおい、何、そらっとぼけてるんだ。俺だ、半兵衛だ。すっかり歳は取っちまったが、渡り大工の飛驒の半兵衛だ。
弁天　……飛驒の半兵衛。
銀次　あ、そうか。みさきのことか。それでばつが悪くて、とぼけようって腹か。
弁天　みさき?
銀次　お前、子どもが出来たなんて一言も言わなかったじゃないか。みさきがいきなり俺を頼って来たから驚いたぞ。でも、安心しろ。しっかり面倒みてる。その先の神降ろし堂って巫女をやってる。すっかり辺りの人気者になってるよ。
弁天　……こくり、鏡。
こくり　はい、師匠。

こくり、慌てて荷物の中から鏡を出す。占いに使う道具の一つだ。弁天、受け取ると銀次に鏡を見せる。

弁天　よくご覧。その顔が半兵衛かい。

銀次　なんの真似だよ……。（と、言いながら鏡を見る。最初は戸惑い、自分の顔をさわる）これは……。（と、手でさわったり引っ張ったり顔を歪めてみたりして確認する）だ、誰だ、こいつ！

弁天　あんただよ。

銀次　こ、これは俺の顔じゃない！　これは……、そう、これは俺を殺そうとした男だ！

こくり　え？

弁天　……ああ、そうか。天號の星の災いって、このことだったのか。

こくり　どういうこと？

銀次に語りかける弁天。

弁天　あんた、半兵衛なんだね。

銀次　そうだ、半兵衛だ。お前ならわかるだろう、お縁。

弁天　その名前、懐かしいね。いいかい、落ち着いてお聞き。あんたはその顔をした若僧

銀次　に命を狙われた。でも、さっきの落雷の時に、その若僧の身体にあんたの心が入っちまったんだ。いや、多分、あの若僧とあんたの心と身体が入れ替わったんだね。
弁天　そんな。そんなことが。
銀次　さっきの若僧を占ったら、運気が天號星に支配されてた。これは天と地がひっくり返るほどの悪運の相だ。
弁天　てんごうせい？　それ、みさきも言ってた。その星が俺に災いをもたらすって。
銀次　みさきが。
弁天　ああ、厄除けに身代わり観音の御札もくれた。ほら。

と、身体をまさぐるが見つからない。

弁天　……身代わり観音か、なるほど。じゃあ、間違いないね。
銀次　あれ、ない。確かにくれたんだよ、みさきが。
弁天　ないだろうさ。身体が違うもの。
銀次　え……。
弁天　入れ替わったんだってば、あの若僧と。

と、お堂の裏からいきなり半兵衛が乗り込んでくる。手に銀次の仕込み杖を持っている。態度や口調はそれまでと打って変わって乱暴になっている。

弁天の言う通り、銀次と半兵衛は人格交代していた。ここからは半兵衛の意識を持つ銀次を半銀次、銀次の意識を持つ半兵衛を銀半兵衛と表記する。

銀半兵衛　ふざけるな！

半銀次　お、お前は、俺。

銀半兵衛　情けねえ声出してんじゃねえ。なにが入れ替わっただ。

と、銀半兵衛、懐に持っている身代わり観音の札に気づく。取り出すと黒焦げになっている。

銀半兵衛　なんだ、こいつは。（と、投げ捨てる）

半銀次　……身代わり観音の札だ。

弁天　雷に打たれたね。身代わりに黒焦げだ。

半銀次　ほんとに効いたのか……。

銀半兵衛　ばばあ、てめえのせいだ。てめえが妙な占いやるからこんなことになっちまったじゃねえか。

弁天　私のせいじゃないよ。（と、こくりを示す）

こくり　あたしでもないよ！　あたしにそんな力なんかあるわけないじゃない！

銀半兵衛　どっちでもいい。（と、仕込み刀を抜く）どうやったら元に戻る。

弁天　わからない。

銀半兵衛　とぼけるな。今までしたり顔で説明してたじゃねえか。

弁天　起こったことを読み解いただけだ。ここから先はわからない。

銀半兵衛　役に立たねえばばあだな。

と、刀を振り上げる。

半銀次　や、やめろ！

銀半兵衛　てめえは黙ってろ！　元に戻ったらゆっくり息の根止めてやる。それまでおとなしく見てろ。

弁天　天のいたずらだ。元に戻るかどうかは天のみぞ知るだよ。

銀半兵衛　だったら占え。得意の占いで元に戻す方法を突き止めろ。

弁天　そう簡単にはいかないよ。

銀半兵衛　そうかい。だったらくたばれ！

と、弁天に刀を振り下ろそうとする。

半銀次　よ、よせ！

と、銀半兵衛に組み付こうとする。

銀半兵衛　邪魔するな、じじいが！

と、半銀次を蹴倒そうとする。が、半銀次は素早い動きで銀半兵衛の足を避けて組み付く。倒され、刀を手放す銀半兵衛。

銀半兵衛　てめえ。（と、一瞬意外な顔。すぐに半兵衛の身体のせいだと気づく）このなまった身体が！

と、半兵衛の身体に八つ当たり。その間に半銀次は銀半兵衛が落とした刀を拾う。

半銀次　なまった身体で悪かったな。なんで俺を狙った。誰の差し金だ。
銀半兵衛　恨みならたっぷり買ってるだろう。
半銀次　……白浜屋か？
銀半兵衛　馬鹿じゃねえな。
半銀次　胡散臭いと思ったが。

と、刀を構える。だが、目が泳いでいる。
それに気づく銀半兵衛。

銀半兵衛　どうした、斬るか。それにしちゃ、目が泳いでるじゃねえか。
半銀次　うるさい。
銀半兵衛　てめえ、人を斬ったことがねえな。
半銀次　うるさい。
銀半兵衛　へん、闇の稼業の元締めともなりゃあ、てめえの手は汚《よご》さねえってことか。気に入らねえな、いちいち。どうした、だったら斬ってみろよ、てめえの身体を。
半銀次　……お縁、今のうちに逃げろ！　て、いないし。

と、振り向くが、とっくのとうに弁天とこくりはいない。半銀次が組み付いた時にさっさと逃げ出したのだ。二人がいないことに気づき、一瞬呆気にとられる半銀次。その虚を突いて、半銀次にとびかかる銀半兵衛。持っていた刀を奪い取られる。

半銀次　しまった。

半銀次の喉元に刀を突きつける銀半兵衛。
が、迷っている。

銀半兵衛　……。
半銀次　殺さないのか。そうだよな。自分の身体だ、ここで殺しちゃ二度と元には戻れねえ。手を出せねえのはお互い様だ。

その時、向こうからいぶきと伊之吉の他に三人の手下が現れる。

いぶき　……まったく、半兵衛さんたら、いつまでほっつき歩いてんだか。神降ろし堂の巫女だっけ。みっともない。

伊之吉　まあまあ、そう言わず。

いぶき　それにしたって、ちょっと遅いからって、こんな大人数で迎えに行かせなくたって。

伊之吉　妙な奴もうろうろしてる。元締めが心配するのも合点がいきますよ。

と、その声に気づく半銀次。

半銀次　いぶき、ここだ！

いぶき、聞き覚えのない声で自分の名を呼ぶのでけげんな顔。

半銀次、銀半兵衛の刀をすり抜けお堂の外に逃げる。

半銀次　伊之吉、いぶき！　助かった。よく来てくれた！

が、いぶきは半銀次の顔を見てハッとする。得物を抜いて構える。

いぶき　お前は！

半銀次　え？　あ。（と、自分が銀次になっていることに気づく）
いぶき　（伊之吉に）こいつだ、こいつが権蔵と勇太を殺した！
半銀次　え？　そうなの⁉

その時には状況を察した銀半兵衛が、ゆっくりと姿を現す。

銀半兵衛　それだけじゃねえ。そいつは俺も殺そうとした。
いぶき　え⁉（半銀次に）そんなに引導屋が憎いのか！
半銀次　憎くない、憎くないです。
銀半兵衛　おそらく他のご同業からの依頼だろう。そいつの名前は宵闇銀次。関東一の凄腕と噂された殺し屋だ。
半銀次　銀次？（と、この身体の名前を初めて聞く）
伊之吉　宵闇銀次？　さて、初耳ですが。お嬢は？
いぶき　聞いたことない。
銀半兵衛　いーや、関東一だ。ものすげー有名だ。
いぶき　どっちにしろ許せない！

と、半銀次に襲いかかるいぶき。

半銀次　待て、落ち着け。違う、違うんだ。俺は銀次じゃない、半兵衛だ！
いぶき　何をとち狂ったことを！（得物をふりかざす）
銀半兵衛　待て！　殺すな！

その言葉に、いぶきは攻撃を得物から打撃に変える。叩きのめされる半銀次。

いぶき　あっけない。この間の威勢はどうした！

と、半銀次の胸倉を摑むいぶき。

銀半兵衛　まあまあ。そのくらいにしておけ。
伊之吉　どうします？
銀半兵衛　連れて帰ってどこかに閉じこめよう。じっくり聞きたいこともあるからな。
伊之吉　へえ。（と、怪訝な顔）……なんか、旦那、急に貫禄尽きましたね。
銀半兵衛　え？

伊之吉　別人みたいだ。
半銀次　……別人だよ。そいつが、銀次……。
　と、言いかける半銀次を殴る銀半兵衛。懐を探ると手ぬぐいがある。それで半銀次にさるぐつわを噛ませる。
銀半兵衛　よし、帰るぞ。
　と、三人の男達が現れる。三度笠に道中合羽、上州のやくざだ。率いているのは人斬り朝吉《あさきち》。頬に大きな傷がある。残り二人は、左之助《さのすけ》と紺三郎《こんさぶろう》である。
朝吉　ちょっと待った！
　銀半兵衛以外の引導屋は、何者という顔で見る。
いぶき　誰!?
銀半兵衛　おめえは……。（と、言いかけるが慌てて口を閉ざす）

いぶき　知ってるの？
銀半兵衛　知らない知らない。
朝吉　そこの銀次の首は俺達がいただく。他の奴に手は出させねえ。命が惜しかったら、銀次を置いてとっとと帰りな。
伊之吉　なんだ、お前達は。

だが、銀半兵衛、焦って言う。

銀半兵衛　誰だか知らねえがめんどくせえ。おめえ達、やっちまえ！
朝吉　上等だ。

と、引導屋達に襲いかかる朝吉。あっという間に、手下の引導屋達三人を斬ると半銀次を奪う。引導屋達、致命傷ではない。

朝吉　おめえらの命はとらねえ。欲しいのは銀次の首だけだ。
いぶき　なめるな！

と、いぶきが朝吉に襲いかかる。銀半兵衛も手助けする。いぶきと朝吉、互角の戦い。他のやくざは伊之吉が戦う。と、その隙をついて落ちていた引導屋の手下の刀を拾うと、やみくもに振り回しながら逃げ出す半銀次。さるぐつわもはずす。

半銀次　ひいいいい！

朝吉　あ、待て！

朝吉、追いたいが、いぶきが攻撃の手を緩めない。それを弾く朝吉。

朝吉　追え追え！

と、半銀次のあとを追って朝吉と上州やくざは駆け去る。

銀半兵衛　くそう。追うぞ、てめえら。

が、銀半兵衛の言葉には耳を貸さない伊之吉といぶき。

伊之吉　お嬢、ここは退《ひ》きましょう。
いぶき　そうだね。
銀半兵衛　駄目だ。銀次を取り返せ。
伊之吉　いや、これ以上犠牲は出せない。
銀半兵衛　元締めの命令だぞ。

一同、聞く耳を持たない。

いぶき　元締めって、何言ってんの、とうさん。怪我人の手当が先だよ。連れて帰るよ。大丈夫かい、あんた達。
手下1　すみません、お嬢。

と、怪我人達を連れて引き上げようとするいぶきと伊之吉。

銀半兵衛　（呟く）……ち、元の身体なら一人でも終えるが……。（と、自分の手を動かす）……このなまくらじゃあ……。
伊之吉　旦那、なにしてんですか。

いぶき　ほら、手伝って。

銀半兵衛　ええい、なるようになるか。

と、銀半兵衛も後に続く。

――暗　転――

【第六景】

草むら。

刀を持って走ってくる半銀次、立ち止まる。

半銀次　ここまでくりゃあ……。

辺りを見て一息つく。

半銀次　しかし、この身体はたいしたもんだ。これだけ走っても、きつくないとは……。いやいや、感心してる場合じゃない。

と、そこに現れる朝吉と上州やくざ達。

半銀次　そんな……。

朝吉　逃がしゃしねえぞ、銀次。
半銀次　待て、落ち着け。人違いだ。
朝吉　今更何を言う。おめえがつけたこの傷、忘れたか。（と、頰の傷を示す）
半銀次　ちがう、俺じゃねえ。確かにこれは銀次の身体だが、俺は半兵衛。銀次と入れ替わったんだ。信じられねえかもしれないが、そうなんだ。
左之助　はあ、ふざけたこと言ってんじゃねえ。
紺三郎　そんなことでごまかされると思ったか。
半銀次　あんた達、誰だ。なんで銀次の首を狙ってる。
朝吉　かあ、そこまでとぼける気か。まあいい、だったら聞かせてやるよ。お前は上州で名だたるやくざ達をみな殺しにしたんだ。そりゃあもう、見事な斬りっぷりだった。
左之助　俺は御子神《みこがみ》一家の左之助《さのすけ》
紺三郎　俺は繁蓑《はんみの》一家の紺三郎《こんざぶろう》。
二人　親分の仇は俺達が取る！
朝吉　俺は無宿渡世の人斬り朝吉。御子神一家にはちょっと義理があってね。おめえとやりあったってわけだ。
半銀次　やりあったんですか、あなたと。
朝吉　何とぼけてる。生き残ったのは俺一人。旅に出てたこの二人の助っ人としてお前を追ってた。

朝吉　意趣返しですか。

半銀次　というよりは、おめえと同じで人を斬るのが大好きなんだ。それも強い奴をぶった切るのがな。

左之助　強くないです～。人なんか斬ったことないです～。（と、半泣き）

紺三郎　いい加減にしろ！

　くたばれ！

と、打ちかかる二人のやくざ。と、半銀次、二人の斬撃をかわす。

半銀次　え？

自分でも意外だが、身体が反応するのだ。

左之助　なめやがって！　てめえ!!

半銀次　よせ、やめろ！

打ちかかる左之助。持っていた刀で受ける半銀次。戦いの中で反射的に左之助の刀を弾くと、左之助を斬る半銀次。

左之助　うぎゃ！（絶命する）

半銀次　え？　え？　斬っちゃった……。

動揺する半銀次。

紺三郎　てめえ!!

そこに打ちかかる紺三郎。彼も斬ってしまう半銀次。銀次の身体が反応してしまうのだ。

紺三郎　ぐは！（と、絶命）

半銀次　また斬った。斬っちゃった……。

と、手がふるえる。叫ぶ半銀次。

半銀次　斬っちゃったじゃないかよ！　とうとう人を殺したじゃないか！　これで大工には戻れねえ！　こんな血に染まった手でどうやって鋸《のこ》が挽ける、鑿《のみ》がふるえる⁉

朝吉　……。

半銀次の逆ギレに少し戸惑う朝吉。

半銀次　俺は渡り大工の飛騨の半兵衛だ。藤壺屋に入《い》り婿に入ったのは、剣呑長屋の連中のためだ。口入れ屋ならあいつらに仕事を回せる。藤壺屋の裏稼業が殺し屋だと知っても、俺は絶対に関わらない。そう決めてた。なのに、なんで、なんで俺に人を斬らせた！　馬鹿野郎が！

と、怒りにまかせて朝吉に剣で打ちかかる。それを受ける朝吉。半銀次の勢いはもの凄い。

朝吉　そうこなくっちゃいけねえ！

と、朝吉もやり返す。だが、半銀次の剣は勢い任せ。腕は朝吉のほうが上。襲いかかる半銀次を蹴り倒す。

朝吉　どうした、そんなもんか！

半銀次　うおおおお！

と、刀で突っ込んでいく半銀次。それを刀で弾く朝吉。

朝吉　おめえ、俺をなめてんのか！

と、剣ではなく半銀次を殴る朝吉。転がる半銀次。

朝吉　全然おめえらしくねえぞ、銀次。俺の顔に傷をつけた、あの時の殺気はどこ行ったえ。

と、転がった半銀次を引き起こして殴る。

朝吉　正直、親分の仇とかどうでもいい。俺はてめえともう一度やりあえるのを、楽しみにしてたんだ。生きるか死ぬかの瀬戸際を、刀と刀で凌ぎ合う。あんな楽しいのは初めてだった。それがなんだよ、そのなまくら刀は！　あん時のおめえはどこに行った！

半銀次　だから俺は銀次じゃねえ。半兵衛だ。

朝吉　まだ言うか、このどぐされ！

そこに現れるこくり。朝吉の背後から声をかける。神楽鈴を鳴らして言う。

こくり　熊野権現の護符いらんかえ。

朝吉　うるせえな！　邪魔するとたたっ切るぞ！

と、弁天も現れる。手に神楽鈴を持っている。鳴らしながら朝吉に言う。

弁天　祟るぞえ〜、我ら神に仕えし占い師。我らを斬ると祟るぞえ〜。（と神楽鈴を鳴らす）

朝吉　（ちょっと戸惑う）え。

弁天　（朝吉の背後を見る）……何人斬った。五十、百、いや、もっとか。ほう、親兄弟まで殺したか……。
朝吉　へえ、よくわかるな。
弁天　神に仕えし占い師と言うておろうが。斬ったのは父親か。
朝吉　ふん、まんざらハッタリじゃねえようだ。ろくでもねえ親父だったからな。

と、こくり神楽鈴を鳴らし続ける。弁天、口の中でもごもご呪文を唱える。

弁天　かあっ！

弁天、また神楽鈴を鳴らす。

弁天　（半銀次を指して）その男、銀次にして銀次にあらず。他の者の心が入っておる。
朝吉　なに。
弁天　ゆめゆめ疑うことなかれ。（と、神妙に神楽鈴を鳴らす）

朝吉、じっと半銀次を見る。一旦、刀を鞘に収める。ちょっとホッとする半銀次。次の瞬間、朝吉、居合抜き。半銀次の目の前に刀を突きつける。半銀次、「ひい」と悲鳴をあげながらも身体は避ける。

朝吉　……なるほど。身体は避けるが目は脅えてるか。銀次はそんなみっともねえ真似はしねえ。

再び刀を収める朝吉。

朝吉　ほんとにおめえ、銀次じゃねえのか。
半銀次　わかってくれたか。俺は藤壺屋半兵衛だ。
朝吉　じゃあ、銀次は。
半銀次　さっきお前が追い払った「旦那」と呼ばれてたのが、銀次だ。俺と入れ替わった。
朝吉　あの親父か。わかった。

と、駆け去る朝吉。
ホッとする半銀次。弁天に言う。

半銀次　助かったよ。よくここがわかったな。
弁天　そこはそれ、勘働きってやつだよ。
半銀次　しかし、さすがお縁、見事なハッタリだった。
弁天　あいつ自身が迷ってたんだよ。あたしはその背中を押しただけだ。
こくり　あのー、さっきからお縁お縁って呼んでますけど、お師匠とはどういう。
弁天　昔、一緒に暮らしたことがあった。それだけさ。
半銀次　それだけさって、冷てえな。
弁天　もともと渡りの占い師だ。一つ所におさまってられないのはわかってるだろ。あと、弁天って呼んどくれ。
半銀次　名前変えたのか。
弁天　そのほうが験がいい。今じゃ渡り占いの弁天だ。そういえばさっき、みさきがどうこう言ってたね。近所にいるのかい。
半銀次　ああ。この先の神降ろし堂で御神託の巫女をやっている。似たもの母子《おやこ》だな。
弁天　そうかい。あの子は力が強すぎるからね、私から離れたほうがいいと思って、あんたを頼らせたんだけど……。
半銀次　わざと離れたと？
弁天　力の強いものが二人いると、妙なことが起きるからね。実際、起こったし。

半銀次　え、じゃあ、俺のこの入れ替わりは、おめえらのせいだったのか。
弁天　あたしらだけじゃない。天虢星が月と太陽の間に入った時期だしね。あと、落雷とかいろいろあって。まあ、運が悪かったってことだね。
半銀次　だったら、どうやったら元に戻る。
弁天　それはわからない。
半銀次　俺にまでごまかす気か。
弁天　ほんとだよ。わからないものはわからない。
半銀次　まいったな。
弁天　ま、若返ったんだしいいんじゃない。
半銀次　冗談じゃねえ、こんな人斬りの身体。血生臭いし、いつまた襲われるかわかったもんじゃねえだろ。どうすりゃいいんだ、まったく。（と、途方にくれる）
弁天　少し離れた廃寺で寝泊まりしてる。人の通りはまずないところだ。そこで少し落ち着きな。
半銀次　……そうだな。
こくり　こっちよ。

と、三人歩きだす。

――暗転――

【第七景】

翌日。藤壺屋の裏。
一人思案している銀半兵衛。

銀半兵衛　……まさか、かみさんが本当の元締めだったとはな。力もねえ地位もねえ度胸もねえか。とんだクズ野郎の身体になっちまったぜ。くそ。

と、そこに与助が現れる。

与助　あー、またこんなとこでボヤボヤしてる。なんで外に出るかなあ。
銀半兵衛　あ……。えっと。
与助　与助だよ。番頭の与助。頭までボケたのかな。
銀半兵衛　なに。（と、カチンとくる）
与助　殺し屋に狙われてんだから、部屋でおとなしくしてろって元締めにも言われただろ

銀半兵衛　うが。ほら、来い。あんまり世話焼かせるな。

与助　旦那に向かってその口の利き方はなんだ。旦那？　あー、はいはい。張りぼて旦那。ほら、お部屋に戻りまちゅよー。

キレた銀半兵衛、与助を殴る。

与助　あいたたた、な、何を。

銀半兵衛　殺すぞ、こら！

与助　あー、ごめんなさい、ごめんなさい！

銀半兵衛　俺は昨日までの俺じゃねえ。なめんじゃねえぞ、こら！

与助　すいません、二度としません。（と平謝り。一旦離れると掌を返す）ばかやろー、元締めに言いつけてやる！

と、逃げ去る与助。そこに現れる朝吉。

朝吉　見つけたぞ、銀次。

銀半兵衛　てめえ……。

朝吉　事情はてめえから聞いた。てめえじゃねえか、てめえの顔をしたその男。ああ、面倒くせえ。とにかくおめえとあいつが入れ替わったってことはわかってる。

銀半兵衛　だったらどうする。俺を斬るか。

朝吉　ああ、そのために江戸まで来たんだ。刀取ってこい。

銀半兵衛　え。

朝吉　素手のお前を斬っても面白くもなんともねえ。しっかりやりあおうじゃねえか。

と、そこにお伊勢といぶき、伊之吉が現れる。与助が呼んできたのだが、当の与助はいない。

お伊勢　ちょっとお待ち。うちの旦那に手は出させないよ。

いぶき　あんた、あの時の。

伊之吉　（お伊勢に）こいつです、殺し屋と旦那の間に割って入ったのは。

お伊勢　今度はうちの旦那を狙うのかい。わけがわかんない男だね。

朝吉　やかましい。俺は銀次と斬り合いたいだけなの。なのにあっちが銀次だこっちが銀次だって。わけがわからないのはこっちだよ。

伊之吉　どっちにしろ、藤壺屋の旦那に手ぇ出そうなんてのはふてえ野郎だ。（長ドスを構え

る）

銀半兵衛　（伊之吉に）刀貸せ。
伊之吉　え。
銀半兵衛　いいから貸せ。

伊之吉から長ドスを奪う銀半兵衛。

お伊勢　お前さん、なにを。
銀半兵衛　黙って見てろ。

その迫力に驚くお伊勢達。

銀半兵衛　そこまで言われちゃ逃げるわけにはいかねえ。朝吉、やるか。
朝吉　望むところだ。
銀半兵衛　来いや。

朝吉、襲いかかる。二三手、互角に撃ち合う銀半兵衛。が、自分が思ったように動けない。

銀半兵衛　く。

いぶき　危ない！

と、銀半兵衛をかばって朝吉の剣を受ける。銀半兵衛、半兵衛の身体に苛立つ。

銀半兵衛　まったくこの身体は！

いぶきの腕に改めて感心する朝吉。

朝吉　やっぱりおめえ、いい腕してる。俺は上州ではちっとは名が知れた人斬り朝吉だ。おめえは。

いぶき　いぶき。早風《はやかぜ》のいぶき。

銀半兵衛　どうだ、朝吉、楽しいか。

朝吉　え？

銀半兵衛　この身体の俺とやりあって楽しいかって聞いてんだ。

朝吉　何言ってんだよ、てめえは。

銀半兵衛に打ちかかろうとするのを、いぶきが得物で押さえる。朝吉はいぶきと闘いながら銀半兵衛と話をする。

銀半兵衛　よく考えろ。おめえが斬り合いたいのは、俺の心か、それとも俺の腕か。
朝吉　それは……。
銀半兵衛　おめえが何が欲しいか、俺にはわかる。いや、俺にしかわからねえ。散々人を斬ってきた俺達にしかな。だがな、この身体じゃ無理だ。
朝吉　……てめえ。
銀半兵衛　おめえが欲しいもんは、あっちにある。俺を斬っても、ただ薄汚え中年親父を斬るだけのことだ。それでいいのか。

朝吉、動きを止める。

朝吉　だったらどうすりゃ。
銀半兵衛　お前が鍛えりゃいいじゃねえか。今の銀次を、お前が斬り応えのある腕に。

朝吉　お。
銀半兵衛　たっぷり時間をかけてな。そのほうが面白《おもしれ》えだろう。
朝吉　なるほどな……。（その手があったかという顔）

お伊勢も話に割って入る。

お伊勢　この人を斬ったら、江戸の殺し屋達を敵に回すことになるよ。
朝吉　え？
お伊勢　知らなかったのかい。この人は江戸の殺し屋、引導屋の元締めだよ。
朝吉　なんだと。
銀半兵衛　おめえは銀次とのけりをつけたいだけだろう。余計な邪魔が入ることになるぞ。
朝吉　……。（しばし考えるが刀を収める）勘違いするな、てめえのこともあきらめたわけじゃないぞ。

と、捨て台詞を残して走り去る。

銀半兵衛　ふん、単純な野郎だ。これで当分時間は稼げる……。（と、呟く）

この身体では朝吉に勝てないと判断した銀半兵衛のハッタリだったのだ。朝吉はまんまとその手管に乗ってしまった。

伊之吉　てめえ。（と、追おうとする）
銀半兵衛　やめろ、もういい。

その貫禄に思わず従う伊之吉。

銀半兵衛　心配するな。当分来ねえよ。
お伊勢　すごい。すごいよ、あんた。そんなに度胸が座ってるとは思わなかったよ。
銀半兵衛　まあな。
いぶき　なんか、銀次がどうたらとか言ってたけど、あれは……。
銀半兵衛　適当なこと言って煙《けむ》に巻いただけだ。
お伊勢　やるねえ。素敵。惚れ直した。

と、与助が駆け出してきて五体投地する。

与助　すんませんでした、旦那！　あっしの見る目がなかった。神様仏様半兵衛様！　この与助、旦那についていきます。

お伊勢　そうだよ、うちの旦那はたいしたものなんだよ。（銀半兵衛に）中に入りましょう。熱いのを一本つけますよ。

いぶき　……。

　半兵衛のあまりの豹変ぶりに、少し訝しげに彼を見ているいぶき。

お伊勢　（そのいぶきに）ほら、いぶきも行くよ。

　いぶきも家に戻る。一人残る銀半兵衛。

銀半兵衛　……腕が駄目なら、別の力を手に入れるだけだ。

　呟くと、家に戻る。

×　×　×　×

同日。黄昏時。神降ろし堂。
その裏手。お伊勢が家から出てくる。送りに出るおこうと塩麻呂。

お伊勢　じゃあ、よろしく頼んだよ。
塩麻呂　おまかせを。

と、出かけていたみさきがそこに帰ってくる。風呂敷包みを抱えている。お伊勢に気がつく。

みさき　あ……。（お伊勢に会釈する）
お伊勢　おや、みさきちゃん。
おこう　お帰り。早かったじゃないか。
みさき　ええ、店の人が準備してくれてて。そろそろ来る頃だろうって。
塩麻呂　（お伊勢に）御札用の紙ですよ。こっちの商売道具。
お伊勢　神おろしの巫女がわざわざ。
おこう　みさきちゃんが行くとまけてくれるんで、つい。
お伊勢　そりゃあご苦労なことだ。

みさき　藤壺屋のおかみさんが、うちになんで……。

お伊勢、おこうと塩麻呂に目配せする。

お伊勢　ごまかしても仕方ない。あんたのことで来たんだよ、みさきちゃん。
みさき　私の……？（と、お伊勢の意図を探る）
お伊勢　あんたがうちの旦那の娘だってことは承知してるよ。

緊張するみさき。

お伊勢　いやいや、考え違いしないで。取って食おうってんじゃない。半兵衛さんの娘ならあたしにとっても娘と同じ。よろしくお願いしにきたんだ。
みさき　おかみさん。
お伊勢　こっちだって子連れだ。立場は同じ。何かあったら、遠慮せずわたしを頼っておくれ。
みさき　ありがとうございます。
お伊勢　あ、わたしがここに来たのは、誰にも内緒だよ。旦那のあとつけ回してるみたいでみっともないから。

みさき　はい。

お伊勢　じゃあね。

と、みさきに優しい笑顔を見せたあと、おこうと塩麻呂に一瞬だけ厳しい表情を見せる。その瞬間だけ厳しい表情になり、うなずくおこうと塩麻呂。すぐに柔らかい表情に戻るお伊勢、みさきに会釈して立ち去る。

みさき　……あんな風に言われるとは思わなかった。

おこう　たいしたお人ですよ。

塩麻呂　さて、じゃあ御札の準備をしようか。

みさき　墨とすずりもあります。

おこう　気が利くね。

みさき　紙屋の番頭さんがおまけだってつけてくれて。

おこう　あの番頭、絶対あんたに気があるよ。

塩麻呂　殺す。

みさき　そんな。

おこう　冗談だよ。

などと言いながら、三人、家に入る。
と、お伊勢が去ったのと反対側から出てくる弁天とこくり。

こくり　ここですよ、神降ろし堂って。
弁天　へえ、結構、立派じゃない。（と、何やら気づく）ちょっと待って。（振り向くと後ろに声をかける）ちょっと、そこにいるでしょ。ほら、出てきなさい。

声をかけられた方から、てぬぐいで頬被りした半銀次がおずおずと現れる。

こくり　あー、ついてきてた。
弁天　もう、小屋で待ってなってあれほど言ったのに。
半銀次　だって。
弁天　狙われてる身なんだから、うろちょろしちゃ危ないでしょ。
半銀次　あのやくざならもう大丈夫だよ。
弁天　そんなことない。

こくり　用心するにこしたことはないですよ。
半銀次　でもさ。俺もみさきに会いたいよ。親子三人で。水入らずで。
弁天　水入らずじゃない、見ず知らず。今のあんたは見たことない他人だから。
半銀次　あの子ならきっとわかってくれる。実の親子だよ。大丈夫だ。
弁天　無理だって。私はあの子と会って、あんた達が元に戻る方法がないか考えるの。あんたのためなんだから。
半銀次　そりゃわかってるけど。
弁天　いいから帰れ！　去れ！　こくり、送っていって。
こくり　はい。ほら、行きますよ。

と、半銀次を無理矢理連れていくこくり。
入れ替わりに家から顔を出すみさき。

みさき　おっかさん。やっぱり、おっかさんだ。
弁天　みさき。

と、弁天に駆け寄るみさき。

みさき　なんか似た声がすると思ったから。どうしたの、急に。
弁天　いや、ちょっといろいろあってね。
みさき　ほんといつも気まぐれだよね。いきなり一緒に暮らせないから、江戸に行けなんて言い出すかと思ったら、今度は自分から姿を見せて。
弁天　仕方ないじゃない。星回りがあるんだから。
みさき　ほら、またすぐ星のせいにする。あの半兵衛さんって人がお人好しだからよかったようなものの。
弁天　みさき、ちょっと。
みさき　ほんと、ドキドキだったのよ。いきなり「あなたが父親です」なんて言ってどうなるか。
弁天　落ち着け、一旦落ち着け。
みさき　いーえ。会ったら一言言ってやろうと思ってたの。あなたのいい加減な手紙だけで、簡単に信じるわけがない。そもそも本当の父親でもないのに。
弁天　みさき！
みさき　それをすぐに信じて、こうやって居所まで世話してくれて。ほんと、実の父親でもないのに半兵衛さん。騙してるようで申し訳ない。てか、騙してるんだけど。

と、すごい勢いで半銀次が戻ってくる。

半銀次　そうなの⁉　父親じゃないの⁉
弁天　あー。なんで戻ってくるかなあ。

こくりも戻ってくる。

こくり　すみません、師匠。

しょうがないという仕草の弁天。血相変えている半銀次。

半銀次　みさき、今まで騙してたのか。お前、俺の子どもじゃなかったのか。
みさき　はい？
半銀次　俺の子どもじゃなかったのか！
みさき　うん。

へなへなと崩れ落ちる半銀次。

みさき　てか、見たことないし。あなた、誰？
半銀次　え？
弁天　銀次さん！　この人は銀次さん！（と半銀次に言い聞かすように言う）

自分の顔にさわり、身体が入れ替わっていることを再認識する半銀次。

半銀次　ああ、それはそうなんだが。半兵衛、半兵衛の子じゃないのか、あんたは。
みさき　……なんでそんなこと、答えなきゃならないんですか。
半銀次　冷たい。反応が冷たい。
こくり　当然だと思いますよ。その顔なんだから。
半銀次　じゃあ、父親は誰なんだよ、お縁！
弁天　あー、ひと夏の冒険？
半銀次　ふざけるな。
こくり　別れた奥さんの恋の遍歴にこだわるのは、野暮ってもんですよ。
半銀次　あんたまで。

弁天　まあ、ちょっと落ち着いて。
半銀次　落ち着けるか！　みさきが、みさきだけが俺の希望だったのに。殺し屋に殺されかけるは、身体が入れ替わるは、娘には騙されるは！　なんなんだよ、俺の人生！

と、怒りを吐き出すと駆け出す半銀次。

みさき　……なんなの、あの人。
弁天　……今からゆっくり説明する。

と、みさきに話し出す弁天。

×　×　×　×

黒川堤。五年ほど前に出来た堤だ。
駆け込んでくる半銀次。

半銀次　馬鹿野郎、なんで俺がこんな目に。俺が何したって言うんだよ。

と、辺りを見る。

半銀次　……ここは黒川堤か。こんなところまで走ってきたのか……。

と、人の気配がする。慌てて物陰に隠れる。
現れたのは明神甲斐守と金杉主膳、白浜屋真砂郎と烏珠一心の四人。

明神　この辺か、黒川堤というのは。
真砂郎　へい。
明神　確かに堤の向こうは窪地が続くな。
金杉　堤を作って埋め立てた土地ですから。

その話を漏れ聞いている半銀次。

半銀次　あれは白浜屋……。それと、材木奉行の明神甲斐守様じゃねえか。そこがつるんでたのか。
明神　向こうにあるのはあれは長屋か。
真砂郎　剣呑長屋とかいう貧乏人の住処で。ここは浅草にも意外と近い。地の利の言いわりにもったいないことでございます。
明神　だからこその我らの策であろう。
真砂郎　仰る通りで。

彼らの話が気になる半銀次。

半銀次　何を話してる……。

と、真砂郎達の前に現れる銀半兵衛。杖を持っている。その後ろからいぶきもついてくる。驚く真砂郎、呟く。銀半兵衛を見て半銀次も物陰に隠れる。

真砂郎　半兵衛。
明神　半兵衛？　あれがか。

さりげなく身構える一心。

真砂郎　これはこれは、藤壺屋の旦那。こんなところで奇遇でございますな。

銀半兵衛　奇遇ではございませぬ。明神甲斐守様にお目通り願いたくお待ちしておりました。

金杉　たかが町人が無礼であろう。

明神　よい、主膳。確かにわしが材木奉行明神甲斐守だ。

金杉　拙者は金杉主膳、お奉行に仕える材木奉行手代である。

銀半兵衛　藤壺屋半兵衛にございます。

真砂郎　どうしてここが？

銀半兵衛　そこはそれ、蛇の道は蛇。殺し屋を送るほど憎いかとは存じますが、少し私《わたくし》の話も聞いていただきたく、参上仕《つかまつ》りました。

真砂郎　おいおい、半兵衛さん。殺し屋とはまた物騒な。何か勘違いなさってるよ。

いぶき　我らも闇の稼業の引導屋。そちらの所業は重々承知しております。

と、真砂郎の態度がふてぶてしくなる。

真砂郎　では、ここで殺されても文句はねえってことだ。

一心がいきなり刀を抜く。いぶき、得物でそれを受ける。

一心　む。

いぶき　女だからとなめるでない！

と、一心の刀を弾き返すいぶき。何手か剣を交えるが腕は互角。

いぶき　わが主《あるじ》、半兵衛の命は私が守る。我ら二人が戻らぬ時は、江戸の殺し屋の半分がおのれらの敵に回ると思うから、そう思え！

明神　一心、もうよい。

一心　は。（と、一旦刀を収める）

銀半兵衛　我が娘、いぶき。その腕は並みの男には引けを取りません。

明神　それなりの備えをしてここに来たというわけか。それでどうする。

銀半兵衛　殺し屋を差し向けるなどと回りくどい手を使うことはない。『引導屋人別帳』はお渡しします。

と、懐から人別帳を出す銀半兵衛。

いぶき　え！

と、驚くいぶきに突然仕込み杖の刃をふるう銀半兵衛。さすがに不意をつかれ手傷を負ういぶき。

いぶき　なんで⁉

銀半兵衛　(明神に) 引導屋の元締めは、俺ではない。家内のお伊勢。そちらと手を組まぬは、すべてお伊勢の意志。

真砂郎　なんだと。

銀半兵衛　この半兵衛、お殿様達と手を組み、引導屋を乗っ取って見せましょう。

真砂郎　そう簡単に信用できるか。

明神、言いかける真砂郎を止める。

明神　そのために娘を斬るか。

銀半兵衛　それが俺の覚悟。

明神　好き！　そういうの大好き！

真砂郎　お殿様——。

いぶき　裏切るか、半兵衛！

と、打ちかかるも一心が剣を抜き邪魔をする。手傷を負っているので動きが鈍るいぶき。

銀半兵衛　さ、その女の首取ってくだされ。

一心に言う銀半兵衛。

いぶき　く。

その時、飛び込んでくる半銀次。
驚く一同。金杉の刀を奪うと、一心の刀を受ける半銀次。

半銀次　逃げろ、いぶき！
いぶき　お前は⁉
銀半兵衛　てめえ、ここにいたのか！

半銀次　いぶきは殺させねえ！

と、必死になる半銀次。一心の刀を受ける。その動き、これまでになく早い。迷いが消えて、銀次の身体能力を引き出しているのだ。一心を弾き飛ばすと、いぶきの手を引く半銀次。

半銀次　逃げるぞ！
いぶき　なんであんたが。
半銀次　いいから早く！　走れるか⁉
いぶき　このくらいの傷。（と、うなずく）

二人、脱兎の如く逃げ出す。

真砂郎　一心！
金杉　拙者も。

金杉と一心、追っていく。

銀半兵衛　あの野郎。
明神　あ奴が裏切るとはな。
真砂郎　この白浜屋の名に賭けて、ただではすませません。
銀半兵衛　ならば先手を仕掛けるがよいかと。
明神　先手？
銀半兵衛　そのためのこの人別帳。藤壺屋とその配下の引導屋、こちらが先に潰してしまえば問題ないかと。
明神　なるほど。それは妙案。
真砂郎　黒刃組、さっそく動かします。
銀半兵衛　（貫禄をもって）頼むぞ。
真砂郎　は。（と、手下のように返事をしてから、ちょっと首をひねる）なぜ、偉そうに。
銀半兵衛　あ。銀次だけは殺すな。奴の始末は俺にまかせろ。
真砂郎　は。（と、また下手に出てしまう。そんな自分に首をひねる）

銀半兵衛、真砂郎、明神、金杉、一心は闇に消える。

×　　×　　×　　×

走ってくる半銀次といぶき。

半銀次　……どうやら振り切ったな。

と、いぶき、傷が痛むのかうずくまる。

半銀次　大丈夫か。

と、さわろうとする半銀次の手を振り払ういぶき。

いぶき　なんのつもりだ。あんた、なんなんだ。

半銀次　……それは。

そこにみさきが現れる。

みさき　ああ、ここにいた。

半銀次　みさき、なんで。

みさき　おっかさんからあらましは聞いた。
半銀次　じゃあ事情は。
みさき　うん。まだよく信じられないけど。
半銀次　そうか。
みさき　あの、ごめんなさい、今まで騙してて。どこに行ったか気になって探してたの。
半銀次　いや、今はそんな話はいい。この子の手当をしてくれるか。
いぶき　……いや、私は。
みさき　（いぶきのケガを見て）ひどい傷。血止めしなきゃ。

と、そこに現れる朝吉。

朝吉　見つけたぜ、半兵衛。
半銀次　おめえは。（みさきといぶきに）行け、早く。

と、刀を構える。

朝吉　焦るんじゃねえ。用があるのはおめえだけだ。

みさき、いぶきを連れて去る。
半銀次と朝吉の二人になる。

半銀次　なんで。もう、俺に用はねえだろう。
朝吉　俺が斬り合いてえのは銀次だ。あのおっさんの心が銀次だとしても、それは俺が斬りてえ銀次じゃねえ。あんな親父斬ったって面白くもなんともねえ。
半銀次　でも、俺は。
朝吉　わかってる。お前は素人だ。だから、俺がお前を鍛える。人斬りとして一人前にしてやる。その上で俺とやりあえ、半兵衛。
半銀次　はい？
朝吉　だから俺が斬るにふさわしい男になれって言ってんだよ。
半銀次　いやいやいやいやいや、無理無理無理。そんなの無理だって。
朝吉　だったら今死ぬか。

と、朝吉が不意に斬りかかる。半銀次、反射的に避ける。

朝吉　ほら、できるじゃねえか。おめえが銀次の身体にのっかりゃ、無理な話じゃねえよ。
半銀次　……俺が強くなるしかないってことか。
朝吉　そういうことだ。死ぬためにな！

と、打ちかかる朝吉。その剣を受ける半銀次。

朝吉　へえ。
半銀次　くそう！（と、朝吉の剣を弾き返して）だったら、てめえも倒しゃいいんだろ！　そうすりゃ生き残れる！

朝吉を見据える半銀次。

半銀次　強くなればみんな守れる。俺自身も、他の誰かもな！
朝吉　いいねいいね。いい顔になってきた！

と、半銀次に襲いかかる朝吉。その剣を受ける半銀次。

——第一幕・幕——

——第二幕——　君の罠。

【第八景】

三日後。

黒川堤の辺り。近くには長屋もある。堤を作るために集められた人々がそのまま住み着いた貧乏長屋だ。誰が言うともなく、剣呑長屋と呼ばれている。

早朝。長屋の棟《むね》と棟の間に広場があり、中心に井戸がある。伊之吉が辺りを伺いながらそっと現れる。竹筒を井戸のそばに置くと立ち去る。と、長屋の一室の戸が開き、いぶきが現れる。竹筒を拾う。栓がしてある。栓を開け、中から紙を取り出して読む。安堵した表情。そばに置いてあった物干し竿を手に取ると、それで棒術の稽古を行う。そこにみさきが弁天とこくりと共にやってくる。いぶきの様子を見に来たのだ。

みさき　ちょっと、大丈夫？

動きを止めるいぶき。

いぶき　みさきさん。どうしたの、朝早くから。

みさき　あなたのことが心配だったから。そっちこそ、こんな朝から何してるの。

いぶき　動かさないとなまるから。ちょっとだけだよ。

その声に玄太、鯖平、留蔵、おきんも現れる。

玄太　おいおい、駄目じゃないか。いぶきさん。

鯖平　そんな動くと傷が開くぜ。

留蔵　ばかやろ、俺が縫ったんだ。簡単に開くもんか。

いぶき　ええ。もう痛みもおさまって。すごく効きました、留蔵さんの縫いも玄太さんの膏薬も。

留蔵　おう。

玄太　わしらは元は飛騨の渡り大工。ケガはつきものだからな。直し方も心得とる。

みさき　ありがとう、みんな。

おきん　みさきちゃんに頼まれちゃ断れないよ。それにいぶきお嬢さんは棟梁の娘、無碍にできるはずないだろう。

いぶき　義理ですけどね。

と言いながら物干し竿を振り回す。

おきん　義理でも娘は娘。（物干し竿に気づき）ちょっと待った！。それ、物干し竿！

いぶき　え。

おきん　一本しかない物干し竿！　それ折られると洗濯物干せなくなるから！

いぶき　ご、ごめんなさい。

おきん　気をつけてね。

いぶき　はい。

物干し竿をおきんに返すいぶき。おきんは洗濯を始める。鯖平は、洗濯物を干し始める。玄太は顔を洗う。留蔵は七輪に火を起こしたりと、それぞれ家事を始める。

弁天　人が集まったよ、商売商売。（と、こくりに声をかける）

こくり、荷物から御札を取り出す。

こくり　熊野権現の護符いらんかね。厄払いに暑気払い頭痛肩こり疝気《せんき》、なんにでも効く御札だよ。

弁天　霊験あらたか間違いなし。

　　その弁天の顔を見る長屋の住人。

留蔵　あんた、どこかで。

玄太　そうだ。確か棟梁の……。

鯖蔵　前のおかみさん……。

おきん　あの悪い女に騙されたって評判の……。

　　一同、口々に「悪い女だ、悪い女だ」と言う。

弁天　うるさいね。男と女のことに口出すんじゃないわよ。

　　みさき、苦笑するといぶきに声をかける。

みさき　いぶきさん、ちょっと。

と、隅の方に寄る二人。二人の会話は長屋の人間には聞こえない。

いぶき　どうなの、藤壺屋のほうは？

みさき　半兵衛の裏切りは伝えたから、おっかさんが手を打ってる。私には今は早く傷を治せと。

と、伊之吉が持ってきた手紙を見せる。

みさき　そう。

いぶき　ありがとう。あなたのおかげよ。ここに連れてきてくれて。

みさき　へたな医者より腕がいいから。半兵衛さんのお仲間だし。

いぶき　半兵衛、あの男。白浜屋と話をつけるから護衛に来てくれなんて信じた私が馬鹿だった。

弁天も話に加わる。

弁天　だから、あれは半兵衛じゃない、あなたを斬ったのは銀次って奴。二人は入れ替わったの。
みさき　銀次の顔をした人が助けてくれたでしょ。あっちが本当の半兵衛さん。
いぶき　うん、頭ではわかってる。なんか妙だとは思ってたから。わかってるんだけど、ついね。
みさき　義理でも娘なんだから、わかってあげて。
いぶき　あんたは。
みさき　あたしはニセモノだから。

その言葉に弁天、複雑な表情。
と、そこにぜい六がやってくる。

ぜい六　おうおう、相変わらずこの長屋は呑気でいいな。水一杯、飲ませてくんな。

おきんが水桶を差し出す。

おきん　なんかあったのかい。
ぜい六　（柄杓で水を飲むと）街のあちこちで火事が出て大騒ぎだよ。藤壺屋なんか丸焼けさ。

驚くいぶき。

いぶき　藤壺屋が⁉　店の人は⁉
ぜい六　あ、あんた確か、藤壺屋の娘さん……。
いぶき　おっかさん達は大丈夫？
ぜい六　どうだろうね。なにせひどい炎で。
いぶき　火つけだ。黒刃組の奴らだ！

と、部屋に入り得物を持つと、駆け出すいぶき。

みさき　待って。

止めるみさきの声も聞かず走り去るいぶき。

ぜい六　……可哀想にな。じゃ、おめえらも火には気をつけな。
おきん　せいぜいお気張りを。

と、ぜい六は立ち去る。みさきにだけ聞こえるように言う弁天。

弁天　……銀次の野郎が手引きしたね。
みさき　だね。

と、そこに黒刃組の男達を引き連れて、真砂郎、一心、竜玄、そして銀半兵衛が現れる。

留蔵　あ、棟梁。
銀半兵衛　いぶきはどこにいる。
鯖平　ああ……。

と、鯖平が言う前に割り込むみさき。

みさき　いぶきさんはいません。
銀半兵衛　いない？
みさき　ええ。
銀半兵衛　ごまかすとただじゃすまねえぞ。

おきんが割って入る。

おきん　ちょっと。娘に手を出すつもりかい、棟梁。
銀半兵衛　娘？
おきん　ごまかさなくていい。みさきちゃんがあんたの娘だってことはあたしら、みんな知ってるよ。
鯖平　知ってて知らない振りしてただけだ。
銀半兵衛　へえ。
みさき　いや、それは……。
真砂郎　ごちゃごちゃうるせえな。隠してるにちげえねえ、お前達、探せ。
弁天　いかん、動いてはいかん！
弁天・こくり　祟るぞえ！　うかつに動くと祟るぞえ！

真砂郎　え。（と、ちょっとひるむ）
弁天　とっとと立ち去るがいい！
銀半兵衛　気にするな、いかさま巫女だ。
真砂郎　なんでえ、脅かすねえ！

と、弁天を蹴る真砂郎。その真砂郎の頭をはたく銀半兵衛。

真砂郎　あいた！　何すんだよ！
銀半兵衛　巫女は巫女だ、大事に扱え！
真砂郎　どっちなんすか、もう！
一心　で、いかがいたします。
銀半兵衛　探せ。
一心　は。
真砂郎　一心、お前は俺の手下だよね。なんで俺に聞かないの。
一心　器、ですかな。
真砂郎　おい。
一心　（真砂郎の突っ込みを無視して）やれ。

竜玄　では、俺は向こうを。

二手に分かれて長屋の奥に入る黒刃組の面々。片方は竜玄、もう片方は別の手下達が入っていく。

留蔵　おい、勝手に。

弁天　逆らわないほうがいい。

こくり　こっちこっち。

長屋の面々とみさき達は隅の方に固まる。黒雲がわき、風が出てくる。

鯖平　棟梁、人が変わったみてえだ。

弁天　変わったんだよ。（と、呟く）

おきん　なんか、空も荒れ模様になってきたね。

竜玄は戻ってくる。

一心　どうだった？
竜玄　こちらには誰も。

と、奥に行った黒刃組の連中が押し戻される。そのあとからお伊勢、伊之吉、重吾郎、与助が出てくる。

お伊勢　いぶきを渡すわけにはいかないよ。
真砂郎　お伊勢か。
お伊勢　素人さん方は逃げとくれ。闇の稼業の争いに巻き込むつもりはないからね。
弁天　だよね。（みさきに）ほら、行くよ。
みさき　でも。
こくり　隠れて隠れて。

長屋の住人は完全に隠れるが、みさきと弁天、こくりは物陰から様子を伺っている。

お伊勢　よくも騙してくれたね。いぶきに手をかけた上に白浜屋と手を組むなんて。最近、

銀半兵衛　いい男になったと思ったが、とんだ見込み違いだった。おめえにおさまる俺じゃねえよ。娘可愛さにまんまと顔を出しやがった。こっちの狙い通りだ。

お伊勢　なに。

銀半兵衛　いぶきを探せば、きっと現れると思ったよ。ほら、引導屋に引導渡してやれ、お前達。

と、真砂郎が一心に「やれ」と命じようとする前に、一心に直で命令する。うなずく一心。

一心　やれ。

襲いかかる黒刃組。受けて戦う伊之吉、重吾郎、与助はお伊勢をかばう。黒刃組を斬って捨てる伊之吉と重吾郎。

真砂郎　何やってる、お前達。

一心　いくぞ、竜玄。

竜玄　おう。

一心と竜玄が向かう。銀半兵衛と真砂郎は後方で見ている。一心と伊之吉、竜玄と重吾郎が戦う。

その時、銀半兵衛が与助を一喝する。

銀半兵衛　与助‼

与助　はいいいいい！

と、伊之吉と重吾郎を背後から斬る。

伊之吉　なに⁉

重吾郎　貴様！

お伊勢　与助！　あんた⁉

その時にはもう与助は脱兎の如く逃げて、銀半兵衛の方にいる。

与助　一生ついていきます、旦那！

一心と竜玄、手傷を負った伊之吉と重吾郎を斬る。二人、倒れる。

お伊勢　伊之吉！　重吾郎！　与助、おのれは！

お伊勢一人になってしまう。
それを見たみさきが物陰から飛び出す。

みさき　待って！
弁天　みさき！

止めるがみさきは聞かない。銀半兵衛達の前に立ちはだかるみさき。

みさき　それ以上の乱暴はやめて！　天罰が下るよ！

それと同時にお伊勢は銀半兵衛に斬りかかる。仕込み杖を抜く銀半兵衛。

お伊勢　半兵衛！　おのれだけは！
真砂郎　鬱陶しい！

と、そこまでの不満をみさきに八つ当たりするように思いっきり殴る真砂郎。吹っ飛ばされるみさき。
同時に、銀半兵衛、お伊勢の剣を掴き、彼女の腹に剣を突き立てる。
みさき、吹っ飛び、激しく頭を打ちつける。昏睡するみさき。

弁天　みさき！（と、そばに寄る）

と、突然、落雷。一瞬、稲光が辺りを包む。雨が降り始める。
と、お伊勢の腹に剣を刺していることに気づいて激しく狼狽する半兵衛。剣を引き抜く。倒れるお伊勢。

半兵衛　……お伊勢？　な、なぜ？　ここは？

辺りを見回す半兵衛。落雷と同時に、半兵衛の意識に戻っていたのだ。

与助　どうしました、旦那。

半兵衛　与助、白浜屋……。

辺りを見回し必死で状況を摑もうとする半兵衛。その姿にハッとする弁天。彼の意識が元に戻ったのではないかと思う。

弁天　半兵衛、あんたはなんてことを！　白浜屋を引き連れて自分の身内を皆殺しにして！　いったい何のつもりだい！　早く引き上げておくれ！

と、半兵衛に、他には気づかれぬように状況を伝える弁天。半兵衛、それを聞き、自分の身体だった銀次がお伊勢を手にかけたのだと知り愕然とする。

半兵衛　……あいつ、なんてことを。

真砂郎　うるさいばばあだな！

と、言ったあとに、慌てて半兵衛の殴りを警戒する。半兵衛は何もしない。

与助　(真砂郎に)何してんすか。

真砂郎　なんでもねえよ。これで引導屋もおしまいだな。一心、ついでにここの連中も片付けろ。

半兵衛　駄目だ!

真砂郎　え。

半兵衛　もういい、引き上げるぞ。

真砂郎　なんで?

半兵衛　……こんな雑魚《ざこ》ども、殺す価値もない。

一心　いぶきとかいう娘が見当たりませんが。

半兵衛　今更娘一人どうということもない。それより今は銀次だ。あいつだけは許せない。殺しても殺したりない男だ。

が、弁天が血相変える。

弁天　殺しちゃ駄目!

半兵衛　え？
弁天　どんなに憎くても殺しちゃ駄目。星が許しはしない。

と、半兵衛を見つめる。悟る半兵衛。

真砂郎　やかましい。お前も死ぬか。
半兵衛　やめろ。巫女を殺すと祟られるぞ。
真砂郎　そうなの？
半兵衛　ああ。俺の知り合いが巫女を殺したら、そのあと舌の上にびっしり小さなねぎが生えてきた。何食ってもねぎの味しかしねえって嘆いてる。
真砂郎　……それはいやだな。
半兵衛　こんな奴の言うことは、戯言だと聞き流しときゃいいんだ。（一心に）銀次を探し出せ。俺の前に連れてこい。奴への仕置きは俺がする。
一心　は。
半兵衛　引き上げるぞ。

与助がお伊勢を見る。

与助　このばあさん、まだ息してますよ。
半兵衛　放っておけ。ここの連中では何もできない。すぐに死ぬ。
　と、言いながら弁天に「頼む」と目線を投げる半兵衛。うなずく弁天。
半兵衛　さ、行くぞ。
　と、強引に一同を引き上げさせる半兵衛。
　半兵衛達が立ち去ったあと、こくりが弁天にたずねる。
こくり　なんだったんです?
弁天　多分、元に戻ったんだ。
こくり　え?
　と、倒れているみさきに目をやる弁天。
　長屋の住人達が顔を出す。

玄太　あー、こわかった。
おきん　半兵衛さん、いったいどうしちゃったの。
鯖平　まったくな。
留蔵　みさきちゃん、大丈夫か。
弁天　こっちはいい。それよりもそっちを。

倒れているお伊勢を示す弁天。玄太、留蔵、鯖平、おきんが彼女の様子を見る。

玄太　うん。まだ息がある。
おきん　まずは血止めだね。
留蔵　鯖平、焼いた針と焼酎持ってこい。傷を縫い合わせる。
鯖平　わかった。あと綺麗な布だな。
留蔵　なにが「ここの連中には何もできない」だ。こうなりゃ意地でも死なせねえ。
玄太　飛騨の渡り大工の意地、見せてやろうぜ。
一同　おう。

と、長屋の一同、お伊勢の手当に動きだす。

弁天　（呟く）……こういうことだね、半兵衛。

倒れているみさきの様子をみる弁天。

こくり　どうです？
弁天　死んじゃいない。でも、目が覚めた時、どうなるか……。
こくり　え？
弁天　まったく厄介な星回りだよ、天號の星は。

みさきの頭をなでる弁天。

——暗　転——

【第九景】

その少し前。
草っ原。黒雲がかかっている。
朝吉が半銀次と戦っている。

朝吉　ほらほら、どうした。

突っ込む朝吉の剣を受ける半銀次。そのあと反撃する。だいぶ朝吉の剣を受けられるようになっている。一旦離れる二人。

朝吉　だいぶ身体がなじんできたようだな、半兵衛。
半銀次　時間がないんだ。俺が強くならないと、誰も守れない。
朝吉　守る前に俺が斬るぜ。
半銀次　そうはいかない。

と、再び戦いだす二人。剣と剣を合わせ鍔迫り合いになる。
と、突然雷鳴。稲光。輝きが収まる。ハッとする銀次。この瞬間、長屋ではみさきが昏睡していた。彼もまた自分の意識に戻ったのだ。

銀次　朝吉！

と、一旦飛び退く銀次。

銀次　てめえ、なぜここに⁉　お伊勢はどうした⁉
朝吉　何言ってんだよ、お前。
銀次　（辺りを見て）……まさか。

考える余裕もなく打ち込んでくる朝吉。それを受ける銀次。

銀次　鬱陶しい！

遠慮なく斬りつける銀次。その太刀筋に気がつく朝吉。

朝吉　……おめえ、銀次か。

銀次　だからどうした。

朝吉　戻ったってわけか。こいつはいい！

と、猛然と襲いかかる朝吉。

朝吉　これでもう、まどろっこしいことはしなくていい。思いっきりやりあえる！

その剣を受ける銀次。

銀次　この馬鹿！　てめえなんか相手にしてる時じゃねえ！

と、互角の立ち合い。一旦離れる朝吉。

朝吉　どうした、銀次。

銀次　なにが。
朝吉　なんか変わったぞ。
銀次　なに。
朝吉　なんか、なんか違う。今のお前とやりあっても、なんかおもしろくねえ。
銀次　それがどうした。
朝吉　昔のてめえは、ただ斬ることだけを考えてた。俺と同じだ。それが、なんか……。
お前、欲が出てきたんじゃねえか。
銀次　大きなお世話だよ。

と、当惑している朝吉の隙をつき、いきなり逃げ出す銀次。

朝吉　あ、待て！

と、あとを追う朝吉。

×　×　×　×

少したって。雨が降っている。
駆け込んでくる銀次。息が荒い。

銀次　……どうやらまいたか。しかし、半兵衛の馬鹿、どんだけやりあってたんだよ、朝吉と。もうへとへとじゃねえか、この身体は。

と、座り込む銀次。
そこに黒刃組の刺客達が現れ、銀次を取り囲む。一心も現れる。

一心　見つけたぞ、銀次。
銀次　一心か。半兵衛の命令か。
一心　そういうことだ。命は取るなと言われているが、お前がむだなあがきをすればわからんぞ。
銀次　……なるほどな。

と、持っていた刀を放り捨てる銀次。

一心　ほう。物わかりがいいな。
銀次　半兵衛に会わせろ。

一心　ああ、旦那も会いたがっている。

と、一心が銀次を縄で縛る。
捕まる銀次。

×　×　×　×

雨は勢いよく降っている。
料亭。膳を囲んでいる明神、金杉、半兵衛、真砂郎。

真砂郎　引導屋も潰しましたし、これでお殿様の身の安全は確かなものになりました。
明神　さすが半兵衛。見事な差配だったぞ。
半兵衛　……は。
金杉　お奉行もこれまでいろいろとひどいことをやってきましたからな。いつ、引導屋に狙われるかわからない。
明神　厄介な奴らは先に潰しておくに限る。転ばぬ先の杖、という奴だ。
半兵衛　それが引導屋を狙った理由……。
明神　どうした。渋い顔をして。そなたも「面白い」と言うておったではないか。
半兵衛　……渋い顔は生まれつきで。（と、ごまかす）

真砂郎　さて、これで心置きなく黒川堤の件に着手できますな。
明神　おお、どうなっておる。

半兵衛、「黒川堤」という言葉が気になるが平静を装い黙って聞いている。
真砂郎、用意していた図面を広げる。のぞき込む一同。

真砂郎　大方の準備は整いました。黒川堤の一番弱い場所はここ。雨で水かさが増した時にここを決壊させれば、安普請の長屋など全部流されてしまう。住み着いている連中を無理に立ち退かせることもない。
明神　住む所がなくなるのだからな。
金杉　そこを幕府が召し上げ、浅草、両国にも負けぬ新しい歓楽街を作る。
真砂郎　材木問屋である私と。
明神　材木奉行であるわしがボロ儲けすると。
金杉　手代の私もおこぼれに預かると。
三人　うはははは。
半兵衛　……そんなことを。
明神　ぬかるなよ、白浜屋。他の材木問屋を強引に潰してまで、お前に目をかけてやった

真砂郎　のだからな。
真砂郎　お奉行のご恩は忘れませぬ。この白浜屋真砂郎にお任せあれ。（と、黙っている半兵衛に）おやあ、どうしたのかな、藤壺の。
半兵衛　え？
真砂郎　ずっと黙り込んで、あんたらしくない。
半兵衛　そうかな。
真砂郎　この辺で、上から目線で一言言いそうなものを。あ、そうか。俺らの策があまりに見事で言葉もないか。
半兵衛　よくもまあ、こんなひどいことを思いつくと。まったくあなた方らしい。
真砂郎　なに。
半兵衛　褒め言葉で。

半兵衛を睨み付ける真砂郎。
そこに一心が現れる。

一心　半兵衛様、銀次を捕らえて参りました。
半兵衛　そうか。よくやった。奴は？

一心　お指図通り焼け残った藤壺屋の土蔵に。
半兵衛　わかった。(明神達に)では、少し痛めつけてきます。
真砂郎　では俺も。
半兵衛　いい！　あんたはいい！

その剣幕に気圧される真砂郎。

半兵衛　銀次のことはこの半兵衛にお任せください。(一同を睨み念を押す)よろしいな！
明神　う、うん。(と、気迫にのまれてうなずく)
半兵衛　では。

と、そそくさと去る半兵衛。

真砂郎　あの野郎……。

去った方を見ながら、面白くない表情の真砂郎。が、明神は満足げ。

明神　しかし頼もしい。よい男が仲間に加わったな

金杉　まさしく。

一心　実にやりがいがあります。

真砂郎　どういう意味だ、一心。

一心　いやいや。別にお頭《かしら》のお指図に不満があるわけでは。

明神　そうそう、お前はお前でよくやってるよ。うんうん。

だが、その言葉は軽い。真砂郎、彼らの態度に不満が募る。

と、雨がやむ。

明神　雨がやんだな。

金杉　川の水かさもさぞや増えていることでしょう。

真砂郎　ころあいかと。

明神　うむ。

明神に笑いかける真砂郎。そのあと半兵衛が去った方を忌々《いまいま》しげに見やる。

――暗　転――

【第十景】

藤壺屋。土蔵は焼け残っている。
鍵付きの手鎖をつけられた銀次が転がっている。黒刃組の手下が見張っている。そこに半兵衛と弁天が入ってくる。

半兵衛　（手下に）もういいぞ。

手下、一礼すると出ていく。

銀次　すっかり貫禄がついたじゃねえか。まあ、俺のおかげだけどな。

銀次の言葉を無視して弁天に言う半兵衛。

半兵衛　どうして殺すなと言った。

弁天　それが聞きたくて呼び出したの？

半兵衛　この男がお伊勢を刺した、俺のこの手でお伊勢を。

銀次　憎いかい。

半兵衛　ああ、憎いよ。殺しても殺したりねえ。なにより、こんな気持ちにさせたお前が憎い。

銀次　相変わらず甘い男だ。

弁天　それがこの人のいい所だったんだけどね。

銀次　だった、か。昔語りになってるなあ、おい。

半兵衛　てめえ。

弁天　（割って入るように）みさきが目覚めた時、何が起こるかわからないんでね。用心のためさ。

半兵衛　また入れ替わるのか、みさきが目覚めたら。

弁天　あり得ない話じゃない。

半兵衛　でも、だったらなんでみさきが寝てる時には元に戻らない。

弁天　寝てる時は夢を見てるだろう。働いてるんだよ、頭は。今の状態は寝てるのとは違うんだ。

半兵衛　そういうものか。

弁天　あの子が目覚めた時に片方が死んでたら、どうなるか見当もつかない。だから、目覚めるまでは、この男を生かしておいたほうがいい。

と、空で雷鳴が聞こえる。

弁天　そろそろかもしれない。一旦縛るよ、半兵衛。あんたが今、銀次になったら厄介だ。

と、縄を出す弁天。
が、その時、激しい落雷。稲光が辺りを包む。と、半銀次が叫ぶ。

半銀次　逃げろ、弁天！

その声音にハッとする弁天。その喉元を摑む銀半兵衛。弁天が危惧した通り、二人の人格はまた交代したのだ。

銀半兵衛　ちょっと遅かったな。

と、弁天を押さえ込む銀半兵衛。

銀半兵衛　半兵衛に会えば活路が見いだせるかと思って捕まったが、賽の目は俺についてるようだぜ。

弁天　また、入れ替わった。

半銀次　みさきが気がついたってことか。そうか、よかった。

弁天　呑気に喜んでる時じゃない。（押さえ込んでいる銀半兵衛に）た、祟るよ。あたしを殺すと祟るよ。

銀半兵衛　それは聞き飽きた。だが、まあ、何が起こるかわからないのは確かか。

と、弁天を縄で縛り上げると、半銀次の方に突き飛ばす。

銀半兵衛　お前らはここで飼い殺しだ。

半銀次　何をするつもりだ。

銀半兵衛　金と力を手に入れるには、この身体のほうが都合がいい。（弁天に）お前は、ちゃんと元に戻す方法をしっかり考えろ。

弁天　元に戻りたいのかい。

銀半兵衛　この身体で金と力を手に入れて、そのあとそれを銀次に継がせることにする。元に戻った俺は若さと金と力を手に入れる。完璧だろうが。

そう言うと土蔵から出ていく。扉を閉める音と鍵をかける音がする。

半銀次　くそう。こんなことなら先に長屋の連中に知らせるんだった。
弁天　どうしたの。
半銀次　剣呑長屋が危ない。真砂郎達は堤を決壊させて、あの辺一帯を流し去ろうとしてるんだ。
弁天　ひどいことを。
半銀次　弁天、なんとかならないのか。
弁天　なんとかって？
半銀次　だから、こう、危ないから逃げろってみさきにピピッと念をおくるとか。
弁天　そんなこと、できるわけないじゃない。
半銀次　人の心を入れ替えられんだ。そのくらいなんとかしろ。
弁天　無理無理。人の心の入れ替えだって、やろうとしてやってるんじゃない。星とか時とか人とか、いろんなことが複雑に絡み合ってるの。

半銀次　能書きはいい。じゃあ、どうする。
弁天　占おうか。
半銀次　それはいい。なんか、悪い目しか出ない気がする。
弁天　かもね。

と、その時、蔵の扉が開く。
真砂郎が入ってくる。手に長ドス。

真砂郎　……銀次。
半銀次　……真砂郎？
真砂郎　しっ。大きな声を出すな。まったくひどい目にあったな。俺を恨むなよ。これも全部半兵衛の指図だ。

と、弁天がいるのに気づかず一人で喋りだす真砂郎。

真砂郎　だいたいお前が半兵衛の娘なんかに色目を使うからいけないんだ。
半銀次　色目？

真砂郎　ごまかすなごまかすな。だから助けたんだろ。わかってる、わかってる。お前も男だったたってことだ。

半銀次　あの……。

真砂郎　あのお伊勢の娘にしちゃ可愛いのは確かだ。特に刀構えて睨み付けくる目なんざ、色っぽくてぞくぞくするよ。おめえが夢中になっても仕方ねえ。半兵衛さえいなくなれば、あの女、お前の好きにしていいぞ。

半銀次　え？

真砂郎　半金は渡してるんだ。しっかり仕留めてもらわねえとな。

半銀次　やっていいのか。

真砂郎　（すごい剣幕で）ぶち殺してくれ！

半銀次　そんなに憎いのか、半兵衛が。

真砂郎　憎い！　憎たらしい！　なんか、あの全部わかったような顔が憎い！

半銀次　（真砂郎の剣幕にちょっと引く）そうなの？

真砂郎　ああ、俺がここまでくるのにどれだけの苦労をしたと思ってる。五歳の時に薪拾いでくすねることから始めてコッコッコッコッ悪いことして材木問屋にまで成り上がって、友達の少ない殺し屋をコッコッコッコッ集めて黒刃組作って、性格の悪い材木奉行にコッコッコッコッコッ取り入って。そのコッコッの苦労をあの半兵衛がかっさらっていく。大きな組織に婿入りして旦那呼ばわりされて、そんなお気楽野郎にこの地道なコツコツを重ねてきた俺が。ふざけるな！

半銀次　なんか、すんません。

真砂郎　なぜ、お前があやまる。

半銀次　いやまあ、なんとなく。

真砂郎　いい奴だなあ、お前。半兵衛さえやってくれれば、黒刃組はお前にまかせよう。お奉行達には俺がうまく言いつくろう。信用してくれ。これは、俺とお前、二人だけの秘密だ。

と、そこまで言ったところで、初めて弁天の存在に気づく真砂郎。

真砂郎　うわ!!　なんだ、お前は!!

弁天　やっと気づいた。

真砂郎　盗み聞きとは許せん！

弁天　こっちが先にいたの。それに気づかずにあんたが一人でベラベラ喋ったの。

真砂郎　ぬぬぬぬぬ。

半銀次　そいつは俺の仲間の渡り巫女だ。

真砂郎　巫女だと？
半銀次　調べに使うにはいろいろと都合がいい。俺を救いに来て、半兵衛に気づかれて捕まっちまった。信用してやってくれ。
真砂郎　……ならいいが。

鍵で手鎖の錠を開ける真砂郎。

真砂郎　今夜、黒川堤に行く。半兵衛も誘い出す。そこを狙え。
半銀次　今夜。
真砂郎　ああ。大きな仕事を終えたあとだ。奴は油断する。
半銀次　仕事って。
真砂郎　お前は知らなくていいことだ。じゃあ、頼んだぞ。

真砂郎、立ち去る。

弁天　あんたも口がうまくなったもんだね。
半銀次　……俺じゃねえみてえか。

弁天　……かもね。

半銀次、弁天の縄を解《ほど》く。

半銀次　行くぜ。時間がねえ。奴ら、今夜、やる気だ。

二人も蔵から逃げ出す。

——暗　転——

【第十一景】

剣香長屋。空き部屋の一つ。お伊勢が寝かされている。意識はない。そのそばに立ついぶき。悔しそうな表情で、じっと彼女を見ている。そのそばに玄太、鯖平、留蔵、おきんがいる。

留蔵　……死んじゃいねえ。だけど目が覚めねえ。
玄太　やれることはやったんだが。
いぶき　ありがとうございます。
鯖平　へたしたら、ずっとこのままかもしれねえ。
おきん　ばか。もう、なんでそういうこと言うかな。
いぶき　……おっかさん、ごめん。あたしがいたら……。
玄太　他のお仲間の亡骸はあっちに。
鯖平　明日にでも、坊さん呼んでくるよ。
いぶき　何から何まで、すみません。

留蔵　いや、俺達にはこれくらいしか……。

と、みさきがこくりに付き添われてやってくる。

おきん　みさきちゃん、もういいのかい。
みさき　うん。ご心配かけました。
こくり　しっかり目覚めたよ。顔色も戻ったね。

そこにおこうと塩麻呂もやってくる。

おこう　みさきちゃん。
塩麻呂　あー、起きてる。よかった。
おこう　ぶっ倒れたって聞いたから、心配したんだよ。
みさき　あたしは大丈夫。

おこうと塩麻呂、お伊勢を見る。

塩麻呂　おかみさん……。
おこう　なんでこんなことに……。
　　　　みさき、お伊勢のそばに寄る。
みさき　祈らせて。
いぶき　え。
みさき　念を送ってみる。どれだけ効き目があるかはわからないけど。
こくり　私も手伝うよ。
いぶき　ありがとう。
　　　　みさきとこくり、それぞれお伊勢の手を取ると両手で摑み、祈りを込める。
　　　　周りの連中も両手を合わせて目を閉じる。
鯖平　なまんだーなまんだー。
おきん　ちょっと。それじゃ、死んじゃったみたいでしょ！

慌てて手を合わせるのをやめる長屋の連中。
そこに、半銀次と弁天が駆け込んでくる。

こくり　お前⁉

弁天　大丈夫、こっちが半兵衛よ。

こくり　また戻った？

半銀次　そういうことだ。

玄太　半兵衛？

留蔵　この若僧が？

半銀次　説明はあとだ。俺の話を聞いてくれ。この長屋が流されちまう。

おきん　何くだらないこと言ってんだよ。

半銀次　ほんとうなんだ。

玄太　知らねえ若僧の言うことなんか信じられるか！

長屋の住人　信じられるか！

みさき　信じてあげて、お願い。

掌を返す長屋の住人達。

玄太　話を聞こうか。

うなずく一同。

半銀次　……お前ら。（と、呆れるが気を取り直す）いいか……。

と、半銀次を中心に輪になる長屋の住人達。と、おこうと塩麻呂がいぶきに声をかけ
る。

おこう　いぶきさん、ちょっと。

いぶき　なに？

気になるみさき。

塩麻呂　こちらに。

表に出る三人。周りに誰もいないのを確認して、こっそりと話すおこう。

おこう　仕事があります。
いぶき　え？
塩麻呂　元締めが引き受けた仕事が残ってるんです。
いぶき　あなた達……。
おこう　はい。あたしらも引導屋の身内。
塩麻呂　とはいえ、つなぎの役目で。
おこう　験落としの御札を売る裏で、世の中の許せぬ恨みを聞くのが仕事。
塩麻呂　半兵衛の旦那がうちらにみさきさんを預けさせたのも、実はお伊勢の元締めの知恵だったんです。
おこう　あの子があんなに人気者になったのは意外だったけど。
いぶき　そうだったんだ。で、その仕事って？
塩麻呂　材木奉行明神甲斐守とその手代金杉主膳。
おこう　頼みの筋は、彼らに強引に潰されて首をくくった材木問屋の娘。
いぶき　明神と金杉って、白浜屋と一緒にいた……。
塩麻呂　ご存じですか。

いぶき　うん。白浜屋の黒幕よ。これでつながった。
おこう　……どうします？　こんな状況だ。頼みの筋に戻しましょうか。
いぶき　……元締めが受けた仕事だ。やるよ。
おこう　でも、今動ける引導屋はお嬢さんお一人じゃ。
塩麻呂　材木奉行をやれば、おかみの詮議も厳しくなります。無事ではすまないかも。
いぶき　だからこそやり遂げなきゃ。夜叉袢纏のお伊勢の名に賭けて。

と、その少し前から物陰で話を聞いていてみさきが声をかける。

みさき　……おこうさん達、そんな仕事を。
塩麻呂　聞かれましたか。
みさき　聞かれてもかまわないと思ってたんでしょ。でなきゃ不用心すぎる。

うなずく塩麻呂、おこう。

塩麻呂　こんなことになっちゃ、いつまでも黙ってられない。
おこう　いつかどこかで話さなきゃとは思ってたから。

みさき　（いぶきに）……いいの？　この仕事やったらもう戻れなくなるよ。
いぶき　戻れない？
みさき　そんな気がする。
いぶき　占い？
みさき　かも。
いぶき　戻る家ならとっくにない。頼みの筋の頼み料は泣きの涙の結晶だもの。それを見捨てるわけにはいかない。
みさき　でも、人殺しは人殺しだよ。
いぶき　……ありがとう。
みさき　？
いぶき　そう言ってくれる誰かがいれば、道をふみはずさずにすむ。
みさき　そうか。……それでも、生きて帰ってきてね。
いぶき　え。
みさき　あなたが死ねば半兵衛さんが哀しむ。
いぶき　それは、あたしだけじゃない。あなただって。
みさき　どうかな。あたしはニセモノだから。
いぶき　でも……。

いぶき、何か言おうとするが、そこに半銀次と弁天が出てくるので気が削がれる。

半銀次　何を話してる？

と、緊張する塩麻呂とおこう。

いぶき　（二人に）この人なら大丈夫。

みさき　今はこんな姿だけど半兵衛さんなの。

塩麻呂・おこう　はい？

弁天　飲み込めないと思うけど飲み込んで。はい、飲み込んだ。

と、無理矢理納得させる。

いぶき　（半銀次に）おっかさんが受けた仕事が残ってた。

半銀次　仕事？　引導屋のか。

いぶき　そう。的《まと》は明神甲斐守と金杉主膳。

半銀次　……やるのか。
いぶき　うん。
半銀次　あいつら、自分が狙われるのが怖くて引導屋を潰したんだ。だが、結局は遅かったようだな。
いぶき　それでおっかさん達を。ふざけた真似を。
半銀次　俺は堤の打ち壊しを止める。黒刃組の雑魚は引き受けた。悪党どもにしっかり引導渡してやれ。
いぶき　まかせて。
半銀次　（弁天に）お前らは逃げろ。
弁天　あの怪我人を動かすわけにはいかないよ。ここで待ってる。
半銀次　しかし。
弁天　あんたが堤は守ってくれるんだろ。だったら逃げる必要はない。
半銀次　言ってくれるね。せいぜい気張るよ。

みさきが四人に声をかける。

みさき　ここで待ってるから、帰りを。

いぶき　うん。
半銀次　おう。

おこうと塩麻呂もうなずく。

半銀次　行こうぜ、時間がない。

半銀次達四人、駆け去る。見送る弁天とみさき。

みさき　……わたしのせいだよね、この騒ぎは。わたしが、半兵衛さんと銀次を入れ替えたから、こんなことに……。
弁天　違うよ。天の星、時の流れ、人の思い、全部が重なって起こったことだ。あんたが一人で背負う必要はない。あたしが江戸に来たのもいけなかった。
みさき　……。
弁天　このけりがついたら、江戸を離れる。やっぱり、あたしらは分かれて暮らしたほうがいい。
みさき　うん……。

うなずくみさき。

みさき　今は祈るよ。あの人達がやり遂げることを。

弁天　そうだね。

みさき、祈りを込めて歌いだす。

その歌に合わせて、いぶき、おこう、塩麻呂、そして半銀次と、それぞれが仕事の準備をして、黒川堤へと江戸の闇を駆けていく。

——暗　転——

【第十二景】

黒川堤。

黒刃組の手下達が堤に火薬を設置している。一心が指図している。与助、横で適当に口出しをしている。

一心　いそげ、お前達。

与助　ほら、さっさとしろ。作業遅れてるよ。声掛け合って。指差し確認忘れるな。あー、もー、てきぱきやれ、てきぱき。

呆れている真砂郎。横に銀半兵衛もいる。

真砂郎　お前、こら、お前。

与助　与助で。

真砂郎　藤壺屋の番頭がなんでそんな偉そうにしてるんだよ。

与助　いえいえ、白浜屋の旦那のお力になればと。
真砂郎　力って、口ばっかりで全然仕事してないだろう。お前のはふり、仕事してるふり。
与助　さすが真砂郎さま、鋭い。よ、白浜屋。
真砂郎　一心、殺していいぞ。
与助　旦那～。（と、銀半兵衛を頼る）
銀半兵衛　一心、殺せ。
一心　は。
与助　怪しい者がいないか見て参ります。物見はこの与助にお任せを。

と、とっとと逃げ出す。

銀半兵衛　よくあんなのに番頭をまかせてたな。
真砂郎　あんただろう。なにを他人事のように。
銀半兵衛　ああ、そうか。
真砂郎　ここに盛り場が出来りゃあ、大もうけだ。表の顔の材木問屋も裏の顔の闇の稼業も、この白浜屋が取り仕切る。あんたにゃあ礼を言っても言い切れねえ。
銀半兵衛　そうかい。

真砂郎　悪いようにはしねえ。しっかり恩は返させてもらうぜ。
銀半兵衛　そいつは楽しみだ。

そこに黒刃組の手下が、明神と金杉を案内してくる。

手下　こちらです。お頭《かしら》、お殿様が。
真砂郎　おう。（明神に）これはこれは、足元のお悪い中、ご足労いただきまして。
金杉　鉄砲水の被害がどのようなものか見ておくのも材木奉行の役目である。
明神　そういう綺麗事はいい。貧乏人が水に呑まれて右往左往するのはさぞ面白い見世物だろう。それが楽しみで楽しみで。
金杉　お奉行。
明神　正直に生きようよ、金杉。

水かさが増して勢いよく流れる川の音が轟々と聞こえる。

真砂郎　ほれ、川もあれだけ水がましてもう溢れんばかり。
明神　まさに。いい流されっぷりだろうなあ。

真砂郎　それはもう。高台に一席設けてあります。そちらでごゆるりとご覧ください。
明神　お、文字通りの高みの見物だね。いいねいいね。いくぞ、金杉。
真砂郎　そこの者がご案内いたします。ささ。

手下が案内する。後に続く明神と金杉。

真砂郎　さて、俺達は仕掛けの確認だ。
銀半兵衛　ああ。いくぞ、真砂郎。
一心　こちらです。

と、先に行く一心と銀半兵衛。
一人になる真砂郎。

真砂郎　馬鹿め、親分風吹かせてるのも今のうちだ。

銀半兵衛の去った先を見て、独りごちる。

×　×　×　×

堤から少し離れた場所。
与助がやってくる。

与助　まったく。人が調子合わせてやってりゃ図に乗りやがって。俺はもともとこっちが得意なんだ（と、頭を指す）。そうだ。半兵衛と真砂郎の二人を焚きつけてつぶし合わせて、共倒れになったところをこの与助様がいただくと。うん、それがいい。

と、一人笑う。そこに塩麻呂とおこうが現れる。

おこう　あら、与助さん。
与助　おや、神降ろし堂の。
塩麻呂　なんだかごきげんだね。
与助　いやいや、ちょっと人生設計を練り直しててね。
おこう　自分の将来かい。
塩麻呂　だったら、この御札をあげましょう。あんたの未来がわかる御札だよ。

と、布で包んだ御札を与助に渡す。

与助　お、そうかい。嬉しいねえ。おみくじみたいなものかな。

と、言いながら包んだ布を開ける与助。
と、中から真っ黒な御札が出てくる。

与助　なんだ、こりゃ。真っ黒じゃないか。

と、顔の前に持ってきて見つめる与助。

塩麻呂　ああ、そうだよ。

と、塩麻呂、与助に近づくと黒い札を与助の額に押しつける。目が見えなくなる与助。

与助　うわ！
塩麻呂　お前の未来は真っ暗闇ってことだ。

おこうが得物を抜いて与助を突き刺す。

与助　うぐ！

おこう　裏切り者にはお似合いの人生だよ。

と、得物を引き抜くおこう。与助が持っていた札をくるんでいた布で血を拭う。

倒れる与助。

おこうと塩麻呂、うなずくと駆け去る。

×　×　×　×

黒川堤そばの高台。明神と金杉が現れる。

明神　どこまでいけばいいのだ。

振り向く金杉。手下がいない。

金杉　いつの間にか案内がいなくなっております。

と、目の前に蠟燭が二本、炎がゆらめいている。

明神　なんだ、あの光は。
金杉　蠟燭、ですか？　なぜこんなところに。

と、闇からすっと現れる人影。いぶきだ。

いぶき　そいつはお前らの命火だよ。
金杉　貴様、何奴。
いぶき　世のため人のためにならない奴に、人知れず引導を渡す引導屋。
明神　引導屋？　それはとっくに。
いぶき　転ばぬ先の杖と潰したつもりかい。でもね、この世に悪がはびこる限り、人の涙が流れる限り、何度でも甦る。お前らみたいな悪党達に引導を渡しにね。
明神　おもしろい！

と刀を抜く明神。

明神　こう見えて腕には自信があってな。そろそろ人を斬りたい頃だと思っておった。若い娘ならなお結構。

金杉　拙者も。

いぶき　外道が！

明神　さあ、かかってまいれ。引導屋の小娘。

得物で打ちかかるいぶき。それを相手にする金杉と明神。二人、それなりに強い。が、いぶきの気迫が勝る。まず金杉を斬る。絶命する金杉。

金杉　ぐは！

いぶき　まず一人！

明神　金杉。ふん、未熟者が。

刀を構える明神。いぶき、明神ににじりよる。が、そこに竜玄が駆け込んでくる。いぶきに打ちかかる竜玄。いぶき、かろうじてその斬撃をかわす。一旦離れる。

明神　おお、お前か。

竜玄　遅くなりました、お殿様。
いぶき　黒刃組か。
竜玄　万が一があるので、お殿様の様子を見てこいとお頭《かしら》が。間に合ってなにより。
明神　おう。
竜玄　ここはおまかせを。
明神　手と足の腱を斬れ。動けなくなったところを、わしが好きなように料理する。
竜玄　なるほど。よい趣向かと。
いぶき　好き勝手なことを。

竜玄、いぶきに襲いかかる。受けるいぶき。二人の戦い。いぶきが押される。竜玄の斬撃をかわし損ねて、頬をかすめる。一旦離れる二人。

いぶき　く。
明神　顔に傷はつけるな。わしがとどめを刺す時は綺麗な顔のほうがいい。
竜玄　は。

再び襲いかかる竜玄。おされるいぶきだが、手と足を狙う竜玄の攻撃を読み、その隙をつき反撃。快心の一撃を竜玄に決める。ひるむ竜玄。

竜玄　まさか！

いぶき、その気を逃さず、一気に反撃。竜玄を斬る。

竜玄　……こんな小娘に……。

絶命する竜玄。さすがにひるむ明神。

明神　むむむ。

いぶき　……狙ってくる場所がわかったから防げた。この男を殺したのは貴様が余計な注文をつけたせいだ。恨むなら自分の性癖を恨め。

明神　ええい、生意気な！　人の性癖に文句が言える身分か！

と、襲いかかる明神。

いぶき　身分は関係ない！

いぶき、彼を斬る。仰向けに倒れる明神。

明神　待て、悪かった。許せ。金ならやる。望むものをやる。

いぶき　あたしが望むのは、お前の首だ。転んだ杖が突き刺さることもあると知れ、明神甲斐守。

と、彼の胸に刃を突き刺すいぶき。明神、絶命する。

いぶき、右手に刃を握ったまま蠟燭の前で左手で拝む。

いぶき　許せぬ悪に引導渡し候。南無阿弥陀仏。

いぶき、灯してあった蠟燭を吹き消すと駆け去る。

×　×　×　×

黒川堤。土手に火薬を運んでいる黒刃組の手下達。

そこに現れる半銀次。

半銀次　火薬を捨てな。命がおしけりゃな。

そこに現れる銀半兵衛。

銀半兵衛　てめえ、逃げ出してたのか。

半銀次　ああ。なんとしても黒川堤の決壊は止めなきゃならねえ。俺はこの剣呑長屋の出だからな。

銀半兵衛　そうだったか。だったらなおのこと、水に流してやるよ。

半銀次　なにい。

銀半兵衛　もうしばらくはこの身体でやることがある。過去は消したほうが都合がいいからな。やれ、お前達。

手下達は襲いかかってくるかに見える。

半銀次　させるかよ。

と、身構える半銀次。が、なぜか手下達は逃げ始める。手下の一人が火薬箱に火種を投げ入れる。

と、半銀次、慌てて火薬箱を堤の下の川に投げ落とす。向こうで大爆発する火薬箱。
そこに現れる真砂郎と一心。

半銀次　なに⁉

真砂郎　ち。二人とも吹っ飛べばいいと思ったが、しぶとい奴らだ。
半銀次　真砂郎、俺まで殺すつもりか。
真砂郎　ああ、そうだよ。俺はおめえに半兵衛を殺《や》れと言ったよな。なのになぜ俺の邪魔をする。俺の言うことを聞かないなら死ぬまでだ。
銀半兵衛　こいつを逃がしたのはてめえってことか。
真砂郎　ああ、そうだ。おめえは邪魔なんだよ、半兵衛。俺がコツコツコツコツ積み上げてきたものを横取りしようったってそうは行かねえぞ。
銀半兵衛　いいのか。てめえらで火薬を爆発させて。
真砂郎　かまわねえよ。俺は気前がいいんだ。

半銀次　てめえ、ひょっとして。

真砂郎　ああ、その通りだ。

その瞬間、向こうで爆発音がする。

真砂郎　こっちは囮。別働隊を準備しておいた。

銀半兵衛　なに。

真砂郎　お前が半兵衛をやればよし。こっちの邪魔をするようなら、二人まとめて吹き飛ばそうと思ってな。この白浜屋真砂郎をなめてもらっては困る！

一心　見直しましたよ、お頭《かしら》。

真砂郎　（一心に）現金な野郎だが、現金払いは結構なことだ。半兵衛、お前はお奉行様に気に入られてたから手を出せなかったが、ここならいくらでも言い訳ができる。そこの銀次に殺されたとでもな。

半銀次　いい調子だなあ、真砂郎。

そこに黒刃組の手下が駆け込んでくる。

手下　大変です。堤が壊れません。
真砂郎　なに⁉
手下　確かに火薬は爆発したのですが、それでも堤は残っています。
真砂郎　そんな馬鹿な。

と、そこに玄太、留蔵、鯖平、おきんが現れる。

鯖平　馬鹿なじゃねえ。俺達が補強したんだよ。
おきん　堤を爆破する外道がいるって、そこのお兄さんが教えてくれたからね。
玄太　あの堤は俺達が作ったもの。補強するのはお手の物だ。
留蔵　徹夜でしたけどね！　死ぬかと思ったけどね！　やりきりましたよ、俺達は！
真砂郎　この貧乏人どもが！
半銀次　ただの貧乏人じゃねえ、筋金入りの渡り大工だ。
銀半兵衛　く。
鯖平　そんなこともわからなかったか、半兵衛の旦那。
留蔵　あんたにはがっかりだ。
おきん　剣呑長屋をなめんじゃないよ！

玄太　よし、堤の補修に戻るぞ。

と、堤の補修に戻る長屋の住人。

半銀次　万が一を考えてるのは、てめえだけじゃねえってことだ。
真砂郎　てめえ。
半銀次　それだけじゃねえ。今頃は明神も金杉も引導渡されてるだろうさ。
真砂郎　お奉行が？
一心　ご心配なく。竜玄が守っております。
半銀次　引導屋をなめんじゃねえ。
銀半兵衛　いぶきか。
半銀次　奴の腕なら竜玄にも勝つ。
銀半兵衛　だろうな。
真砂郎　え。
銀半兵衛　（半銀次に）てめえ、全部ぶち壊してくれたな。
半銀次　てめえらがこっちに手を出すからだ。
真砂郎　しゃらくせえや、こうなりゃ二人とも片付けちまえ。

と、黒刃組の面々が現れ、半銀次と銀半兵衛を取り囲む。

銀半兵衛　……この数相手に乗り切れるか。仲違いしてる時じゃねえようだな、半兵衛。
半銀次　敵の敵は味方か。
一心　やれ。

襲いかかる黒刃組と戦う半銀次と銀半兵衛。

銀半兵衛　くたばりそうな時はこの身体、みさきに届けてやるよ。あいつはどこだ。
半銀次　長屋で待ってるよ。
銀半兵衛　わかった。

と、一心が襲いかかる。半銀次が受ける。
それを見た銀半兵衛、手下を斬りながら駆け去る。彼の逃げ足の速さに、手下はまんまと逃がしてしまう。その態度を怪訝に思う半銀次。と、銀半兵衛の狙いに気づく。

半銀次　しまった、みさきか！

と、あとを追おうとするが、一心が阻む。

一心　逃がすか！
真砂郎　やっちまえ、一心。
半銀次　どけえ!!

と、半銀次の剣が唸る。その勢いに押される一心。

半銀次　てめえ相手にしてる暇はねえんだよ!!

と、一心を斬る半銀次。倒れる一心。

真砂郎　一心！

駆け去ろうとする半銀次。真砂郎が懐から短筒を出して撃つ。

真砂郎　銀次!!

弾は半銀次の腕をかすめる。真砂郎、撃つと同時に短筒を捨て、次の短筒を構えている。

真砂郎　てめえくらいは殺さねえと示しがつかねえだろうが。
半銀次　短筒か……。
真砂郎　お。弾は一発。撃ったらその隙に俺を斬る。そう考えてるね。だけど。（と、懐からもう一丁短筒を出す）もう一丁あるんだよ、これが。
半銀次　く。
真砂郎　俺がコツコツ築き上げたものを全部奪いやがって。てめえだけは許さねえ。くたばりな！

と、撃とうとした時、朝吉が駆け込んできて、真砂郎を斬る。

真砂郎　だ、誰!?

驚く真砂郎。それもそのはず。二人は初対面である。

朝吉　そいつは俺が斬るんだ。それを鉄砲玉なんかで殺されてたまるか！

と、真砂郎に斬撃。

真砂郎　だ、だから誰⁉

朝吉　銀次は俺の獲物だーっ‼

真砂郎に斬撃。

真砂郎　誰ですか、あなたはーっ⁉

最後の力を振り絞って尋ねる真砂郎。それに答えずとどめの一撃をふるう朝吉。

真砂郎　ぐは！

最後の問いの答を得られないまま絶命する真砂郎。人生とは不条理である。

朝吉　やっと見つけたぜ、銀次。俺が、どれだけ探したか……。

と、半銀次の方を向くが、すでに半銀次は駆け去ったあと。

朝吉　って、いねえ。

最初に朝吉が真砂郎を斬った時に半銀次は走り去っていたのだ。

朝吉　また逃げやがった。まて、こら。

と、追いかける朝吉。

——暗　転——

【第十三景】

剣香長屋。空き部屋。
奥に横たわっているお伊勢。未だに意識はない。彼女のそばにいるみさき、弁天。

弁天　（お伊勢を見て）全然気がつく気配がないね。
みさき　……こくりさん、どこ行ったのかな。
弁天　逃げ道の確認に辺りを見て回ってるからね。時間かかるかもね。
みさき　逃げ道？　逃げる準備？　ここで待つんじゃ……。

話が違うと驚くみさき。

弁天　人生、二枚腰だよ。それが大事。

力強くうなずく弁天。少し呆れるみさき。

その時、遠くで火薬の爆破音。

みさき　今のは……爆発？

弁天　ちょっと様子見てくる。みさきはここにいて。

みさき　うん。

弁天、外に出る。

お伊勢の様子を見ているみさき。

と、そこに入ってくる銀半兵衛。

みさき　半兵衛さん？（が、雰囲気で気づく）じゃない！

身構えるみさき。

銀半兵衛　よく気がついた。

みさき　わたしを殺そうっていうの。

銀半兵衛　それもよく気がついた。

みさき　そうはいかない。あんたなんかの好きにはさせない。半兵衛さんのその身体、あんたなんかが好きに使っていいわけがない。

銀半兵衛　だったら、止めてみな！

と抜き身の刀で襲いかかろうとする。そこに飛び込んでくる弁天。両手の神楽鈴で銀半兵衛の刀を受ける。その間、みさきは小さな声で必死で詠唱している。

みさき　……計都羅睺天號《けいとらごうてんごう》、計都羅睺天號……。

銀半兵衛　どけ、弁天。

弁天　祟るぞえ！　みさきを斬ると祟るぞえ！

銀半兵衛　今更そんな脅しが効くか！　どけ！

刀を神楽鈴で止めている弁天を力任せに弾き飛ばす銀半兵衛。弁天、吹っ飛ぶ。斬られてはいないが倒れている。みさきに向かう銀半兵衛。

みさき　計都羅睺天號！　止まれ、宵闇銀次!!

銀半兵衛　ぬ!?

その気合いに一瞬動きが止まる銀半兵衛。
その時、いきなりお伊勢が起き上がる。

お伊勢　半兵衛！　おのれだけはあああ‼

それはお伊勢が銀半兵衛に斬られる寸前に言った言葉。
お伊勢、もの凄い勢いで銀半兵衛に向かう。右手を伸ばして銀半兵衛の喉を摑むと一気に部屋の外に押し出す。

銀半兵衛　このくたばりぞこないが！

と、お伊勢を突き飛ばして斬る銀半兵衛。
そこに駆け込んでくる半銀次。

半銀次　お伊勢！

お伊勢に再び銀半兵衛の斬撃。倒れるお伊勢。

銀半兵衛　（半銀次に）ち。もう来やがったか。

半銀次　銀次、てめえは！

と、打ちかかる半銀次。その剣を受ける銀半兵衛。場所が入れ替わり半銀次が長屋を背にする位置になる。

半銀次　みさき、みさきは無事か！

と、弁天に守られてみさきが出てくる。

弁天　大丈夫だよ、あたしも。

半銀次、三人を守る形で銀半兵衛と対峙する。

半銀次　みさきを殺して元に戻るつもりか。

銀半兵衛　ああ、そうだ。この身体でもっと金と力を摑んで楽しむつもりだったが、それを全部てめえが潰しやがった。もう、こんな身体に未練はねえ。
弁天　この子が死んだからって元に戻るとは限らない。
銀半兵衛　ごまかすな。俺達が元に戻ったのは、そいつの意識がなかった時だ。だったらずっと意識がなきゃいいってことだろうが。
弁天　……。
銀半兵衛　図星のようだな。
みさき　……そんなことが。

弁天、気にするなという風に、みさきの手を握る。
と、そこにいぶきが現れる。倒れているお伊勢を見て驚く。

いぶき　おっかさん⁉　なぜ？
みさき　あたしを守ってくれたの。
いぶき　銀次、お前の仕業か。

と、銀半兵衛を睨み付ける。

半銀次　手を出すな、いぶき！　そいつは俺がやる！
いぶき　え。
銀半兵衛　やれるか、お前に。この身体を殺せばもう元には戻れないぞ。

みさき、いぶき、ハッとして半銀次を見る。

半銀次　だからどうした。娘が死ぬよりはましだ。
みさき　半兵衛さん、私は。
半銀次　ニセモノだって？　かまわねえよ。ニセモノだろうが義理だろうが、娘は娘だ。
みさき　……。
いぶき　うん。

と、いぶきはみさきを見てうなずく。

半銀次　これ以上、俺の身内に手は出させねえ！

と、銀半兵衛に襲いかかる半銀次。

と、その剣を受ける銀半兵衛。
ようやく追いついた朝吉も、姿を現す。

銀半兵衛　てめえ！

朝吉　へえ。

二人の戦いのなりゆきを見守ることにする朝吉。
二人、互いの剣で斬られ傷を受ける。
一旦離れて睨み合う。
身体の疲れが出てくる銀半兵衛。半銀次の動揺を誘う。

銀半兵衛　この身体が死んだらどうなるかわからねえんだろう。半兵衛が死んで、俺は元の銀次に戻るかもしれねえぜ。

が、半銀次の覚悟は決まっている。

半銀次　心配ねえよ。そん時は朝吉が斬ってくれる。

朝吉を見る半銀次。うなずく朝吉。

朝吉　おう、まかせな。

銀半兵衛　……てめえ、はなから死ぬ覚悟か。

半銀次　違うな。てめえを殺す覚悟だよ。引導渡してやるよ、宵闇銀次って悪党に。

銀半兵衛　ほざけ！

打ちかかる銀半兵衛。その剣を弾くと、銀半兵衛の腹に剣を突き刺す半銀次。
銀半兵衛、半銀次の顔を摑む。
その手をどかして、剣を引き抜く半銀次。
倒れる銀半兵衛。絶命する。大きく息を吐きうなだれる半銀次。

いぶき　……どっち？

みさき　多分……。

半銀次、顔を上げる。

弁天　半兵衛だね。
半銀次　ああ。……結局この身体のままだ。

と、なりゆきを見ていた朝吉が言う。

朝吉　いいねいいね、いい顔になった。今のお前最高だよ、半兵衛。そんな男とやりあうのはたまらねえだろうな。
いぶき　させない。

と、いぶきが朝吉に向かって得物を構える。そのいぶきの肩に手をおき、下がれと示す半銀次。

いぶき　え。

半銀次　いいんだ。

静かに言うが、半銀次の気迫を感じるいぶき。素直に後ろに下がる。

半銀次　待たせたな、朝吉。
朝吉　おいおい。黙って斬られる気じゃねえだろうな。そんなふざけた考えなら、そこにいる女どもを先に叩き斬るぜ。お前のやる気が出るように。
半銀次　わかってるよ。お前が銀次の最後の悪縁だ。来いや、朝吉。その悪縁も叩き斬ってやる。
朝吉　そうこなくっちゃいけねえ。いくぜ!!

と、嬉々として打ちかかる朝吉。半銀次、互角に渡り合う。と、朝吉の剣が半銀次を斬る。が、半銀次の剣は朝吉の急所を貫く。

朝吉　……いいねえ。立派な人斬りの剣だ。

と笑みを浮かべる朝吉。半銀次の斬撃に切り刻まれる朝吉。絶命し倒れる。

半銀次、膝をつく。

弁天　……疲れたかい。

半銀次　さすがにな。

いぶき、すでに息絶えているお伊勢に声をかける。

いぶき　おっかさん。おっかさんが受けた最後の仕事、やりとげたよ。

倒れているお伊勢の両手を胸の上で組ませるいぶき。みさきもそばに寄ると手を合わせる。

みさき　お伊勢さん、ありがとうございます。

半銀次も刀を片手にお伊勢に手を合わせる。
そこにぜい六が血相変えて駆け込んでくる。

ぜい六　大変だ、あっちに死人の山が！　白浜屋も材木奉行の明神様もやられてる！

ハッとするいぶき。

と、銀半兵衛と朝吉、お伊勢の死骸に気づくぜい六。

ぜい六　……おいおい、冗談じゃねえ。こっちもかよ。

刀を持っている半銀次に気づくぜい六。

ぜい六　お、おめえがやったのか。
半銀次　ああ、そうだ。白浜屋も明神甲斐守も、藤壺屋半兵衛も全部俺の仕業だ。

その言葉に驚くいぶき。

ぜい六　てめえ、名前は。
半銀次　俺か。俺は無宿渡世の宵闇銀次。

十手を構えるぜい六。

ぜい六　ご、御用だ、銀次。
半銀次　やめとけ、お前一人じゃ無理だ。早く番所に行って応援呼んでこい。
ぜい六　……ま、待ってろよ。逃げるなよ。

と駆け去るぜい六。

弁天　いいのかい、あんた。
半銀次　俺は江戸を離れる。この騒ぎは全部銀次の仕業だ。おかみの目もそっちに集まる。そうすりゃ、お前達に累が及ぶことはない。
いぶき　わたしの罪までかぶるって言うの？
半銀次　どうせ人斬りの身の上だ。そのくらいおやすい御用だよ。
いぶき　そんな。
半銀次　心配するな。幸いこの身体、足も早けりゃ腕も立つ。簡単にくたばりゃしねえよ。
みさき　ごめんなさい。あたしのせいで、そんな目に。
半銀次　違う。お前のせいじゃない。俺が自分で決めたんだ。

みさき　……。

半銀次　みさき、お前がいなかったら、半兵衛はとっくに銀次に殺されてた。そしたら悪党達の思いのままだ。お前達も剣呑長屋も助けることはできなかった。お前の力が俺達を守ってくれたんだ。だから、お前はここで歌え、歌ってみんなの明日を占ってくれ。

みさき　……うん。

女達を見つめる半銀次。

半銀次　いいか、おめえら。俺より早く死ぬんじゃねえぞ。弁天、お前もな。

弁天　ついでみたいに言うんじゃないよ。

半銀次　じゃあな。

行こうとする半銀次。

と、こらえきれず、みさきが言う。

みさき　おとっつぁん！

半銀次の足が止まる。

みさき　ありがとう、おとっつぁん。ニセモノの娘だけどそう呼ばせて。

振り向く半銀次。

半銀次　だから言ってるだろうが。義理だろうがニセモノだろうが娘は娘だ。本物のな。

みさき、いぶき、うなずく。

いぶき　うん。おとっつぁん。
みさき　（かみしめるように）おとっつぁん。
半銀次　……。（黙ってうなずく）

と、奥に無数の御用提灯が浮かび上がる。

半銀次　やれやれ、ぞろぞろと来やがった。

と、辺りを闇が包み、半銀次だけに一条の光。
前を向き、見得を切る半銀次。

半銀次　交わり惑う因果の果てに、あえて選んだ地獄道。業も恨みも昔も背負い、人斬り御免の宵闇銀次。死にたくなければ道をあけろ！

と、駆けだす半銀次。闇の中に消えていく。

〈天號星〉　―終―

あとがき

ここまで何度も言ってきたことではあるが、今回の作品の発端は、「早乙女太一が斬って斬って斬りまくる芝居がやりたい」と思ったことだ。

いつ頃からだろう。シアターアラウンドの『髑髏城の七人』連続公演が終わった二〇一八年頃か、それ以前、『ふたがしら』の Season 2 が終わったあとの二〇一六年くらいか。

ただ、通常の新感線公演だと、もっとスケールの大きな話になりがちだ。

意外と気づかれていないかもしれないが、劇場の大きさにあわせて話のスケールを考えている部分がある。

今の新感線は様々な事情から、キャパ一二〇〇から一五〇〇くらいの劇場での公演がメインになっている。そのくらいの大きさの舞台だと、やはりそれなりのスケール感がほしくなる。このスケール感は個人的な感覚なので説明するのが難しいところはあるのだが、たとえば国と国のような一定母数のいる集団同士の抗争がベースにあったりしてほしいのだ。

しかし、自分が考えている「早乙女太一が斬りまくる話」というのはもう少し小ぶりな物語だった。あまり大きなテーマを背負わない個人の戦い。それが似合っている。新感線では難しいかなとも思ったが、いのうえ演出でやるのが一番いい。どうしたものかと考えていた。

そんな時、江戸の盗賊を題材にした『乱鶯』を観て、「なんだ、新感線がこういうのをやるんだったら、俺にも書かせてよ」と思った。

もともと好きだった題材な上に、当時ドラマ『ふたがしら』を書いたこともあって、結構調べもしていた。江戸の闇の稼業の話なら俺にも引き出しがあるよと思ったのだ。

二〇二三年の公演が新宿にできる新しい劇場 THEATER MILANO-Za になると、ヴィレッヂの細川会長（当時）から連絡があった。ただしこの劇場、キャパがこれまでよりも小さく九〇〇席くらいになるとのこと。

すでに古田君と太一君に加えて弟の早乙女友貴君の出演も決まっていた。

だったらうってつけだ。ここでやろう。そう決めた。

そこに殺し屋の若い女性と、市井のアイドル的な若い女性、二人も欲しかった。

古田・太一の軸とは別に、闇に潜み殺しに生きる女性と人前に立ち芸を見せる女性、どちらにも理がありどちらにも悔いがある。それを認め合う二人。そんな関係を描いてみたいとも思っていた。

山本千尋さんと久保史緒里さんの二人が決まったときには「まさにこれだ」と思った。

池田成志君の出演も決まり、高田栗根を初めとする新感線のメンバーもいる。キャストはこれで充分だった。

問題はどんな話にするかだ。

江戸の殺し屋の話にするのは決めていた。

最初は、師弟の設定にするかと考えていた。太一君が若い殺し屋、古田君がその師匠。師匠に絶対的な信頼を置いていた太一君だが、その師匠が裏切る。死地に追い詰められるがそこから生き延び、最終的には師弟対決となる。

ジュリアーノ・ジェンマとリー・ヴァン・クリーフが共演したマカロニウエスタン『怒りの荒野』みたいな感じになるか。

その場合の対立軸をどうするか。

例えば〝殺し屋人別帳〟というのはどうだろう。

江戸の闇の殺し屋の名前が記されている人別帳だ。この人別帳を役人に渡して自分達の組織の保身を図ろうとする元締めと、それに対立する少数の殺し屋達。

古田は大きな組織に組みし、太一は少数の殺し屋達に味方して、人別帳の奪い合いをする。

マーベルコミックスの『シビル・ウォー』的な展開だなと思ったし、『必殺からくり人』第一話の鼠小僧の書き付けで対立する花乃屋一家と曇一家的でもある。

だが、これではまだ足りない。

「芯が足りない」という言葉を自分は使うのだが、ドラマの求心力となるアイデアが足りない。肌感覚がそう告げていた。

たとえば『偽義経冥界歌』だと義経偽物説、『神州無頼街』だと、身堂蛇蝎が無頼街を作った目的、それが「芯」だ。この芯が見つかると、それまでバラバラに浮かんでいたイメージが一気にまとまり一本の物語になる。それを探さなければならない。

早乙女兄弟と話をすると、とにかく「古田さんと戦いたい。しかも兄弟対古田さんで」と言う。

これはなかなか厳しい。古田君ももう六〇だ。真っ向から二人の相手をさせるわけにはいかない。

『薔薇とサムライ2』では、チャンバラのシーンでは早乙女友貴君に入れ替わるという荒技を使った。古田演じる石川五右衛門が変装の名人だという設定を使って、五右衛門がムッシュ・ド・ニンジャというキャラに変装。それを友貴君に演じてもらったのだ。

だったらいっそのこと、戦うときだけ変身するというのはどうだ。ピンチになると古田君が太一君に、成志君が友貴君に、聖子さんが山本さんに、「チェーンジ早乙女太一！」「チェーンジ早乙女友貴！」「チェーンジ山本千尋！」といって変身する。

太一君に話すと「お芝居やらなくていいからそれはそれでいいな」と、冗談交じりで返してくれたが、ヴィレッヂの柴原社長はにべもなく「やめなはれ」と一言。ま、それはそうだ。俺もどうかと思うよ。

で、次の手を考えなければならなくなった。

でも、入れ替わりというのはありなんじゃないか。いわゆる人格交代劇だ。

弱気で人を殺したこともない古田をつけ狙う残忍な殺し屋太一。それが殺そうとした瞬間、人格が入れ替わる。狙われる側の意識を持った太一が、やむを得ず戦いに巻き込まれる。また狙った方の意識を持つ古田もまた、歳を取った身体に閉口する。

こうすれば「初めて人を殺してしまい動揺する」という芝居も、太一君に書ける。それは今まで書いたことがない芝居だ。

弱気の人間がなぜ狙われなければならないか、また入れ替わったあとその立場を利用できた方がいい等々の都合を考えて、古田君の役は「表面上は殺し屋の元締めだが、実は傀儡。本人は気弱な男」という設定にした。

これでようやく芝居の芯ができた。

ここから膨らませていくときに、山本さん久保さん、二人の位置づけは当初の狙いとは若干変わってしまった。でも、本編の関係性はこれはこれで落ち着くべき所に落ち着いたと思っている。

ラストシーンはこれをやりたいと考えていた。そこへの流れは、今の方がいい。

自分としては楽しんで書けた作品です。

舞台を見た方にも、戯曲だけ読まれた方にも、その楽しさが伝わってくれればと願います。

中島かずき

二〇二三年八月

◇上演記録
2023年劇団☆新感線43周年興行・秋公演
いのうえ歌舞伎『天號星』

【登場人物】
藤壺屋半兵衛……古田新太
宵闇銀次……早乙女太一
人斬り朝吉……早乙女友貴
神降ろしのみさき……久保史緒里
渡り占いの弁天……高田聖子
明神甲斐守忠則……粟根まこと
早風のいぶき……山本千尋
白浜屋真砂郎……池田成志

塩麻呂……………………………右近健一
与助……………………………河野まさと
玄太……………………………逆木圭一郎
夜叉袢纏のお伊勢……………村木よし子
やくざ／留蔵…………………インディ高橋
おこう…………………………山本カナコ
遊び人／鯖平…………………礒野慎吾
金杉主膳………………………吉田メタル
こくり…………………………中谷さとみ
おきん…………………………保坂エマ
権蔵／ぜい六…………………村木仁
烏珠一心………………………川原正嗣
伊之吉…………………………武田浩二

重吾郎／黒刃組／与力　他……………藤家剛
濡れ燕の竜玄／町人／同心……………川島弘之
引導屋の勇太／黒刃組／長屋住人　他……………菊地雄人
御子神一家の左之助／黒刃組／手代　他……………あきつ来野良
繁蓑一家の紺三郎／黒刃組／手代　他……………藤田修平
黒刃組／長屋住人／町人　他……………紀國谷亮輔
黒刃組／引導屋／町人　他……………寺田遥平
黒刃組／引導屋／町人　他……………伊藤天馬
踊り手／いぶき手下／黒刃組　他……………米花剛史
踊り手／いぶき手下／黒刃組　他……………武市悠資
町娘／女中／踊り手　他……………山崎朱菜
町娘／女中／踊り手　他……………本田桜子
長屋住人／いぶき手下／黒刃組　他……………古見時夢

【スタッフ】
作／中島かずき
演出／いのうえひでのり

美術／池田ともゆき
照明／原田 保
衣裳／竹田団吾
音楽／岡崎 司
作詞／森 雪之丞
振付／川崎悦子
音響／井上哲司
音効／末谷あずさ　吉田可奈
殺陣指導／田尻茂一　川原正嗣
アクション監督／川原正嗣
ヘア&メイク／宮内宏明
小道具／高橋岳蔵
特殊効果／南 義明
映像／上田大樹
大道具／俳優座劇場
歌唱指導／右近健一
演出助手／山﨑総司　荻原秋裕
舞台監督／佐藤 豪　芳谷 研

宣伝美術／河野真一
宣伝写真／野波 浩
宣伝メイク／内田百合香
宣伝・web／ディップス・プラネット
宣伝／長谷川美津子　寺本真美　森脇 孝　稲葉由佳
制作協力／サンライズプロモーション東京
制作助手／坂井加代子　武冨佳菜　柴田紗希
制作デスク／高畑美里
制作／辻 未央　伊藤宏実
プロデューサー／柴原智子
エグゼクティブプロデューサー／細川展裕
企画・製作／ヴィレッヂ　劇団☆新感線

【東京公演】 THEATER MILANO-Za
２０２３年9月14日（木）～10月21日（土）
主催：ヴィレッヂ
制作協力：サンライズプロモーション東京

【大阪公演】 COOL JAPAN PARK OSAKA WW ホール
２０２３年11月1日（水）～11月20日（月）
主催：ＡＢＣテレビ／サンライズプロモーション大阪／ヴィレッヂ
協力：ＡＢＣラジオ
後援：ＦＭ８０２／ＦＭ ＣＯＣＯＬＯ

中島かずき（なかしま・かずき）
1959年、福岡県生まれ。舞台の脚本を中心に活動。85年4月『炎のハイパーステップ』より座付作家として「劇団☆新感線」に参加。以来、『髑髏城の七人』『阿修羅城の瞳』『朧の森に棲む鬼』など、“いのうえ歌舞伎”と呼ばれる物語性を重視した脚本を多く生み出す。『アテルイ』で2002年朝日舞台芸術賞・秋元松代賞と第47回岸田國士戯曲賞を受賞。

K. Nakashima Selection Vol. 40
天號星

2023年 9 月 5 日　初版第 1 刷印刷
2023年 9 月14日　初版第 1 刷発行

著　者　中島かずき
発行者　森 下 紀 夫
発行所　論　創　社
東京都千代田区神田神保町 2-23　北井ビル
電話 03（3264）5254　振替口座 00160-1-155266
印刷・製本　中央精版印刷
ISBN978-4-8460-2293-8